從 **股壇初哥，**
到 **投資**
高手！

U0134420

「股票投資技能 8 式」一覽

　　「股壇初哥」要成為「投資高手」，努力和經驗的累積固然重要，但聰明學習和融會貫通更是不可或缺。正如《神鵰俠侶》中的楊過，早年雖獲眾多高人傳授上乘武功，但畢竟雜而不專，略欠火候；當他真正融合各家之大成，悟出「黯然銷魂掌」後，終能登上「五絕」之巔，成為高手中的高手！

　　繼「香港金閱獎」入圍作品《股票投資 All-in-1》後，資深財經編輯陳卓賢（Michael）今次聯同三位經驗豐富的財經作家，合力打造這本全方位股票投資指南，進一步將各門派的心得和技術，經過精心融合和整理，更有系統地跟大家分享。如果你想成為投資界的絕頂高手，本書絕對不容錯過。

　　四位作家各有專長：Michael 和謝克迪（Dicky）都是財經傳媒界出身，長期在前線與市場較勁；同時是暢銷入門財經書作者，善於以簡單文字，說明實用的概念和技巧，讓你更易吸收投資的精粹。基金投資組合經理周梓霖（Alex），擁有高超的財務報表分析技術；亦擅長掌握市場消息，運用事件驅動法獲利，是散戶以弱勝強的利器。著名對沖基金經理王華（Fred）多年來和大戶力戰無數，善於以拆局和沽空，進行市場布局和投資策略；若能學懂當中一二，要在股市場上立足，與大戶抗衡，再非難事。

　　本書會由淺入深，講解股票投資所涵蓋的 8 大範疇，詳細介紹當中的重要技巧，供讀者實戰應用：

第 1 式「知己知彼‧秒懂交易心理」：
想靈活運用招式，先要懂基礎心法。很多投資者一開始就只著重如何選股或何時買賣，最終卻未能成功獲利，當中的主因是缺乏實戰的心態調節。所謂「大道至簡」，認識交易心理，是學投資的第一步，亦是最重要的一步。

第 2 式「尋找好股‧做足基本分析」：
要挑選一間好公司作投資，「財報三表」（損益表、資產負債表、現金流量表）的分析不容忽視。你或會覺得財報數字太多，不易理解；但只要精選重要數據作研究，就能輕鬆判斷「好股」真偽，而本章將深入淺出講解當中的精粹。

第 3 式「買對時機・技術分析獲利」：

如果說基本分析是內家功夫，那麼技術分析就好比外家功夫。無論是陰陽燭的技術形態、技術指標的買賣訊號，抑或是黃金比例的高低位判斷，都是決定你會「高賣低買」，還是「高買低賣」的重要工具。

第 4 式「動態市場・掌握價量玄機」：

如果只看股價作技術分析，會很易墮進大戶設下的「走勢陷阱」。要進一步將技術分析的應用昇華，增加當中的準繩度，必須配合盤路的成交量變化作對比分析，優化買賣時機的判斷。

第 5 式「發現機遇・行業選股策略」：

研究一間公司的財務數據，偏向是靜態分析；要將分析變為動態，緊貼市場，必須考慮不同行業板塊的前景及特點。當能夠針對個別板塊的屬性，作策略性部署，你的投資組合將變得更為靈活。

第 6 式「以弱勝強・捕捉事件驅動」：

「事件驅動投資法」是透過分析企業事件，包括分拆合併、出售資產、私有化、併購、要約等，判斷當中會為公司釋放多少價值，再按值博率高低而下注，是利用錯價獲利的「價值投資」絕技。

第 7 式「模擬大戶‧深化拆局思維」：

大戶總有能力操縱市場，把股價「舞高弄低」，或利用震倉將散戶嚇走，令大家對股市望而生畏。但要擊敗對手，先要理解對手，只要代入大戶思維分析市場，就能早一步拆解當中布局，買賣獲利而全身而退。

第 8 式「沽空技巧‧逆向價值投資」：

近年新聞經常都會報道，上市公司被沽空結構狙擊的事件，弄得企業和投資者都叫苦連天。沽空屬於「逆向價值投資」的一種，當中的部署其實是有跡可尋。即使你不做沽空，但認識了這門學問，將更易避開買進容易「中招」的股票。

* 若想加強股票投資的基礎，歡迎查閱前作《股票投資 All-in-1》所介紹的「基礎強化知識」、「資金管理技巧」、「宏觀經濟分析」及「選股選時策略」等內容，這都能跟本書互補說明，進一步鞏固你的投資知識基礎。

推薦序 1
全面極速提升，股票投資基礎！

香港股票市場，炒賣風氣太強，股票新手很容易在股票市場上蒙受損失，不是一個值得鼓勵的風氣。但在此風氣下，小子認為仍然有作者肯堅持信念，從股票基本分析著手，不隨波俗流、不鼓吹短線投機獲利方法，培養讀者正確的投資態度，實在難得。本書對於三大財務報表「損益表」、「資產負債表」及「現金流量表」如何運用、市盈率及股本回報率等基本分析的重要指標都能詳細講解，切合我的基本投資理念及態度，因此不妨將此書推介給各位。

這本書所含的投資知識廣而精，涵蓋交易心理、新股知識、技術分析、基本分析、沽空技巧及行業選股策略，對於投資初哥而言有投資基礎補底之用。以書中第 5 式【發現機遇・行業選股策略】內「銀行股不看市盈率？」一文為例：

新聞及傳媒經常說美國加息能夠改善銀行的淨息差，對於沒有概念的讀者可能會看得一知半解，究竟加息如何改善銀行的淨息差收入？本書引用淨息差的相關公式，配以淺白的文字作解釋，令讀者更易理解當中的計算方法及邏輯。除了淨息差的教學，更有不良貸款率及撥備覆蓋率等指標，令讀者對於銀行股的分析及估值方法會有更進一步的理解。

價值投資是玄門正宗的投資方法，是本人所推崇的；亦希望香港會有更多關於價值投資的書面世，此書是其中一本，我誠意向各位讀者推薦！

小子（Henry）
人氣 FB「小子投資筆記」創辦人
暢銷書《零成本股息投資法》作者

推薦序 2
「1+1+1+1>4」的投資功力！

　　曾有幸和資深財經編輯陳卓賢（Michael）共同合作，推出財經作品，深知其經驗豐富、製作認真，更給予作者很大的自由度和創作空間，其作品質素定必是信心保證！今次能夠為他的新作《從股壇初哥，到投資高手》撰寫序文，實屬榮幸！

　　Michael 的前作《股票投資 All-in-1》，乃「香港金閱獎」入圍作品，涵蓋了眾多股票投資的基礎知識，包括：資金管理、宏觀分析、選股策略及買賣時機等範疇，實用與趣味並重，深受讀者歡迎，銷量亦相當不俗！

　　是次新作不但繼承前作「輕鬆幽默、簡單易明」的特色，更聯同另外三位資深作者（謝克迪、周梓霖及王華）編撰，以深入淺出的寫作手法，令讀者從中掌握到更豐富、更實用的股票投資技能，進一步把繁複的投資技術，化成「武林八式」，提高讀者的閱讀趣味，深化投資水平！

　　一本書就包含了四位作者的心得精華，絕對超值。我深信此書必定能夠為讀者，不論是股票的新手或老手，都一定有所裨益，我誠意推薦！

高俊權（Matthew）
人氣 FB「投資旅遊寫作人」創辦人
暢銷書《Start！股票操作笑住學》作者

　　自從昔日尋夢的地方「淪陷」後，大部分戰友都已各散東西，各自走上認為正確的路。或許我是比較幸運的一人，一直以來都有同伴們並肩在旁，甚至陪我出走、一同經歷各種嘗試……至今仍然不離不棄，繼續與我前往未知的領域冒險。

　　過去我發掘過不少出色的作者，亦試過多次由零開始策劃各種書籍，成績還算不俗；但「集各家之大成，團結不同作者」出版一本合著，卻是我當書籍編輯時未能完成的目標。今天，終於有機會讓我達成這個「久違」的夢，而且作者陣容比曾籌劃的更加強大；我更有幸成為其中的一位，我的第二部著作亦因此誕生。

　　緣分是很奇妙的東西，要散終會散，要聚終會聚，看似無常，卻屬必然。感謝「格子盒作室」提供了我們這班志同道合的作者一個聚腳地，讓我們繼續實現這個出版夢，真正做好及寫好每一本書，繼承著昔日夢地的意志。更要感激父母家人及愛我的人，所給予的無限量支持，沒有你們，就沒有今天的我。

　　縱然不公義的事每天仍在各處發生，但我堅信「邪不能勝正」的真理；善惡到頭終有報，真相是永遠無法磨滅。路是行出來的，無論力量有多少，都要由自己開始，改變世界，這是我的堅持。

陳卓賢（Michael）
資深財經編輯
「香港金閱獎」入圍作品《股票投資 All-in-1》作者

不論寫書或投資路上，走得愈遠，就愈感到自己的不足，幸好我身邊不時有前輩與朋友作出提點。就好像自己偏好大價股，2015 年細價股當旺，未能捉到數以十倍的升勢，但在 2017 年炒大價股，正好食正自己的優勢。

不時有朋友問細價股走勢，筆者一般都推卻不答，並非敷衍塞責，而是沒有把握的，自然不應充當專家的角色。今次與 Fred、Michael 及 Alex 合著而非獨自著作，正是在這方面的反思。讀者都想獲得最好的心得，而自己難以每一方面都盡善盡美。透過合著，可以讓幾位作者針對自己擅長的領域寫作，對作者或讀者都是一件好事。

投資市場上，只要不是犯法，就沒有最好的方法，只有最適合自己的方法。風險較高的如炒殼股、細價股、期指，或者選擇月供股票、ETF 等風險較低的方式，目標都是為了賺錢，筆者心目中並沒有高低之分。好像要周星馳演《建國大業》，要湯告魯斯演《戇豆先生》，總覺得格格不入，不是由於演技不行，而是與本身違和。

本書盡力覆蓋股票投資上的各種知識與心得，讓大家了解投資市場上有更多的選擇，從中找到最適合自己的一套功夫，而不是盲目跟從坊間那些「升穿 10 天線向好，失守支持就不好」之類的無謂分析。

最後，感謝 Fred、Michael 及 Alex 給予機會讓我成為本書的作者之一，當然少不了多謝石 Sir 及 *iMoney* 主編 Ricky 在投資路上的教導，以及家人與朋友一直的支持。

謝克迪（Dicky）
高級投資記者
暢銷書《股票投資 101》及
《爆趣！簡易投資》作者

　　投資，說到底都是「信念」這兩個字。其實港股不乏好股票，騰訊（0700）、港鐵（0066）、領展（0823）都是回報卓越的股票，重注買入及長線持有肯定賺到盆滿缽滿。只不過理論歸理論，將整副身家投入股市，十居其九捱不過波幅被震出市場。事實上，大部人大注買股票會坐立不安，正正就是「信念」不足所致。

　　所謂「信念」，其實就是本身認定那件資產極具價值，不會因賬面賺蝕而隨便止賺或止蝕。事實上，投資要賺大錢離不開兩點，一要不怕輸、二要夠膽贏，缺一不可。

　　以香港樓為例，不少人願意用三十年按揭 All in 買樓，買得安心的背後就是信念所主使。香港樓貴並非一時三刻之事，但買得樓的人絕大多數會抱住「屋無論經濟好壞都要住」這個心態，樓價升跌只會自住或收租，長線持有。不怕輸、夠膽贏，恰恰就是支持業主無懼波幅賺大錢的基石。

　　大家手上這本合著，集結了四個不同投資派別的精髓，為的就是讓各位沉澱及領略出屬於自己的投資功夫。以紮實的功夫及穩健的基礎投身股市，「信念」大增，以自己雙手創富自然非天方夜譚之事。

周梓霖（Alex）
基金投資組合經理
暢銷書《港股游擊戰》作者

　　不知道是幸運還是不幸運，小弟成立的公司「易方資本」只投資在環球科技股這個每天都快速轉變的行業，所以我們的基金客戶有時會問我何時才有時間休息下來，而我都不太會回答。因為除了用大量時間在研究環球科技新聞、閱讀無數的分析報告，還有跟上市公司的管理層長期溝通之外，我們必須要在投資路上鍛煉我們的技巧。

　　可是每當覺得自己看透了、很厲害時，不久就會發現有些東西或技巧還沒有學會，這種情況是不停地循環。現在我已經在第 38 次演化（像蝦脫殼）中……嘔心瀝血為的是向我們的機構投資者及個人投資者負責、控制風險，幫他們創造財富，希望連續每一個季度基金都賺錢（至今已經進入連續第六個季度正回報）。

　　除了本書介紹的技巧外，我發覺除了 10 個投資者的往外發展層次，還有往內發展的內功，我們往內發展的這種思考方法、拆解方法，是用了數十年的是血型性格分析，希望未來有機會跟大家分享。

王華（Fred）
易方資本有限公司投資總監
暢銷書《對沖拆解王》作者

陳卓賢
謝克迪
周梓霖
王華
合著

從 **股壇初哥，**
到 **投資高手！**

第 1 式

知己知彼・秒懂交易心理

第 2 式

尋找好股・做足基本分析

第 1 式

知己知彼
秒懂交易心理

為何投資者喜歡跟風？

贏來的錢總是容易輸掉？

一買就坐，一放就升？

只賣獲利股票，不賣虧蝕股票？

股價升得快，反而不想賣？

喜歡炒底是常態？

為何在牛市賺不到錢？

接收訊息愈多，真的會賺得愈多？

網上交易無法令你提高收益？

選股如選美，喜惡誰話事？

為何投資者喜歡跟風？

羊群效應（Bandwagon Effect）

羊群平常是很散亂的組織，但當領頭羊動起來時，其他羊就會一哄而上地跟隨。同樣地，人們經常受到大多數人的主流看法影響，忽略獨立思考，不假思索地跟從大眾的思想和行為，結果往往會陷入騙局，招致損失。

　　多數投資者都喜歡簡單、易明的指引和解釋，去進行買賣決定。當股市出現劇烈波動和混亂複雜的局面時，人總會容易失去個人的判斷能力，而訴諸別人的主流觀念和決定──當大眾買進，你也跟風買進；當大眾恐慌性拋售，你也跟隨拋售……因為跟隨主流都認同的抉擇，往往是最簡單的「指引」。

　　「在別人貪婪時恐懼，在別人恐懼時貪婪。」股神巴菲特（Warren Buffett）的名言絕對是對羊群心態者的當頭棒喝。市況低迷，眾人看淡的時候，往往是投資者入市，待價漲升的好時機；當市場鬧得火熱，全民皆股時，很可能是見頂的開始。以上的論點，跟「相反理論」（Contrary Opinion Theory）是異曲同工。

可惜的是，大多數投資者都存在「羊群效應」的心理，當大家不看好時，即使是最佳成長前景的公司也會變得無人問津。

容易受主流看法影響，忽略獨立思考，
不假思索地跟從大眾的思想和行為。

　　要避免盲目跟風，最佳的做法是根據個人的投資目標和風險承受程度，設定「止賺位」和「止蝕位」（詳見前作《股票投資 All-in-1》之【資金管理篇】），在任何情況下（即使跟大眾主流想法有異），都必須按照原定計劃操作買賣。設定止賺位，可提醒投資者目標已達，避免陷入人性的貪婪；而止蝕位則可鎖定投資風險，避免損失進一步擴大。

贏來的錢總是容易輸掉？

心理賬戶（Mental Account）

人的腦海裡有一種心理賬戶，會把實際上客觀、等價的支出或收益，在心裡劃分到不同賬戶，進行不同的決策，而每個賬戶的金額是不能互通的。

⇨ **情況 1：** 如果你已買了一張 100 元的展覽館入場券，但去到展覽館時發現那張票不見了，你會再花 100 元買另一張入場券嗎？

⇨ **情況 2：** 當你來到售票口，才發現原本準備用來買券的 100 元鈔票不見了，你仍願意去買券入場看展覽嗎？

心理調查發現，第一種情況，多數人的答案是「不會」；但第二種情況，多數人的答案卻是「願意」。明明同樣是需要「再花 100 元」去買票，抉擇為何會如此極端呢？

事實上，人類並非十分理性，且會慣性地將錢分別放進不同的「心理賬戶」，並依據每個賬戶的性質，決定不同的使用方式。

套回以上買票的例子，即使本質同樣是再花 100 元，但多數人普遍認為遺失 100 元和花 100 元買票，是屬於兩件不同的事。

把心理賬戶的概念套在股市亦一樣，如果你手上有兩筆錢，一筆是「從工作賺回來的工資」，另一筆是「靠股票賺回來的贏利」，投資者會傾向把後者用作高風險投資，因為那些錢是靠股票賺回來的，萬一輸掉對心情也影響不大。但事實上，兩筆錢都是你財產的一部分，本質上是無異的。由於心理賬戶的關係，投資者往往對贏利毫不在乎，常常不會見好就收，結果就出現把賺到的錢倒蝕的情況。

情況 1	情況 2
入場券不見了會再花 100 元買？	原本準備用來買券的 100 元鈔票不見了，會再花 100 元買？

多數人的答案是「不會」　　多數人的答案卻是「願意」

投資者要克服無意識的心理賬戶，不妨以「定額投資法」去預防。例如當每次在股市中獲利，都把全數或部分的贏利，投放至另一個銀行賬戶中，而你可以選擇利用贏利作任何消費、儲蓄或再投資。雖然贏利在本質上，跟你放在股票賬戶或銀行賬戶無異，但反利用心理賬戶的現象，你會潛在地認為放在銀行的錢是「自己的錢」，所以使用時會比較著緊，會更審慎作出投資決定。

一買就坐，一放就升？

市場壓力（Market Pressure）

人是獨立的個體，但同時又被外界事物所牽引；套用在股市上，表示投資者的內心世界會與外在市場（其他投資者）不斷互相作用，個人會對市場產生壓力，市場亦會對個人產生壓力。

有否試過：當股票初上漲時沒有買入，但股價卻一升再升，身邊的股民持續追捧，你終於按捺不住入市；不幸地，你一買入就摸頂，股價持續下跌後開始橫行，而別的股票卻繼續上漲，令你非常無奈；最終你決定把股票賣出，可是不久，股價又開始拉升了……究竟是否自己太當黑了？

很多投資者都把自己當成是股市的主人，完全根據自己的喜好思考問題，而忽略其他投資者的觀點，即忽視了市場壓力，結果就發生「一買就坐，一放就升」的怪現象。

⇨ 為甚麼一買上漲中的股票，股價就開始回調？因為在前期買入的投資者為了獲利套現，於是開始賣出股票；而你在上升中途才入市，高追買進，不坐才怪呢！

⇨ 為甚麼賣出股票後，股價就開始回升？由於股價已盤整了一段長時間，外界的投資者認為洗盤已到尾聲，所以該上漲了，於是入市；而你只留意股價在盤整，只關心自己已「坐艇」很久，完全沒有了解該股走勢的原因。

所以，與其說是你當黑，倒不如怪自己太自我中心，以為投資是一個人的事，結果就因為忽略了市場壓力的影響，造成別人賺錢自己賠的後果。

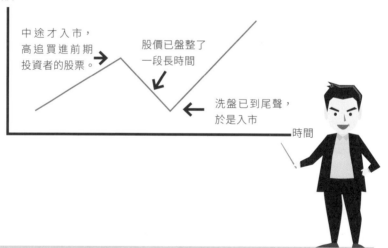

股價

中途才入市，高追買進前期投資者的股票。

股價已盤整了一段長時間

洗盤已到尾聲，於是入市

時間

　　無論做人、做事或投資，都不應該只關心自己眼前的狀況，更要從別人，甚至是更多人的角度去了解事情，因為群體的力量往往主導著市場的生態，形成市場壓力。有別於「羊群效應」的從眾心理，你毋須每每跟風做人；了解大眾心態的目的是讓你更清楚局勢發展，讓你獨立思考，以一個更宏觀的高度，快人一步，作出正確的投資決定。

只賣獲利股票，
不賣虧蝕股票？

處置效應（Disposition Effect）

作出買賣決策時，投資者傾向賣出賺錢的股票，並繼續持有賠錢的股票。這意味一種處境心態的轉換：當人處於盈利狀態時，是風險回避者；但處於虧損狀態時，則是風險偏好者。

　　如果你持有兩隻股票，A 和 B，A 的股價升了 15%，B 的股價跌了 15%；此時出現一次投資機會，需要你套現其中一隻股票，你會選擇 A 還是 B？

　　大多數投資者會選擇賣出 A，而繼續持有 B。當中的邏輯是，如果賣出 B 的話，就代表把虧損變成「事實」，需要承認投資失誤，而一日不賣出，虧損的只是「賬面損失」，不算是賠錢，於是都傾向把虧損的股票持有多一會兒，期望可以回升。而賣出 A 的話，即使股票勢頭良好，但始終現時賣出，就代表有錢落袋，當中帶來的實在感和安全感，同樣可避免未來後悔的可能。

　　由「處置效應」衍生出來的投資邏輯，造成了投資者持有獲利股票時間太短，持有虧損股票時間太長的情況。這種心理現象，

大大影響我們進行資產配置及建立投資組合的效率，造成「賺不多，賠得大」的結果。

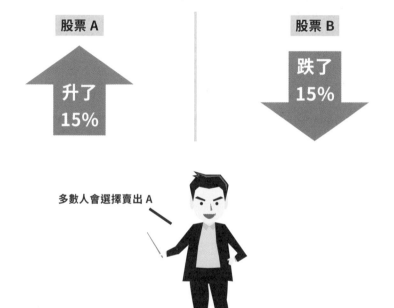

需要你套現其中一隻股票，你會選擇 A 還是 B？

股票 A　　　　　　　股票 B

升了 15%　　　跌了 15%

多數人會選擇賣出 A

　　解決「處置效應」的最佳方法，是按照設定好的「止賺位」及「止蝕位」進行買賣，同時觀察股票基本面及技術面的變化，不要為一時之氣，作出不理性的買賣決定。如果經過嚴謹詳盡的分析後，你認為手中獲利的股票仍有上漲空間，何不設定好一個合理的止賺位作機械式買賣？如果你發現虧損中的股票，基本面仍然良好，只是暫時處於正常的技術性調整，又何需擔心繼續持有呢？

股價升得快，反而不想賣？

懊悔理論（Regret Theory）

對大多數人來說，行動的懊悔要大於忽視的懊悔，因此在面對選擇時，大多數人更願意保持現狀，而不選擇另一種可能。

上一篇提到，投資者大多傾向賣出獲利的股票，而繼續持有虧損的股票，當中的原因亦涉及「懊悔理論」。他們會擔心，如果賣出虧損的股票，萬一其後出現回升，甚至升至比買入價更高的位置時，當中產生的後悔感，真的非筆墨可形容。可以選擇的話，與其自己會有後悔的可能，倒不如甚麼都不改變，期待轉機的出現。

同一道理，把「懊悔理論」套在獲利股票中的股票仍是如出一轍。如果沒有需要急出貨套現的話，投資者都傾向把漲升中的股票持有，當中的原因或許不是經過甚麼嚴謹的分析，而僅僅是擔心如果賣出的話，股價繼續上漲，自己會因為賺少了而後悔。

由此可見，無論是賺錢中的股票，抑或是蝕錢中的股票，人往往會因為怕後悔而傾向不作任何改變。這同時解釋了為甚麼很多

投資者寧願繼續「坐艇」，也不願意換股，尋求出路，白白浪費很多反敗為勝的時機。

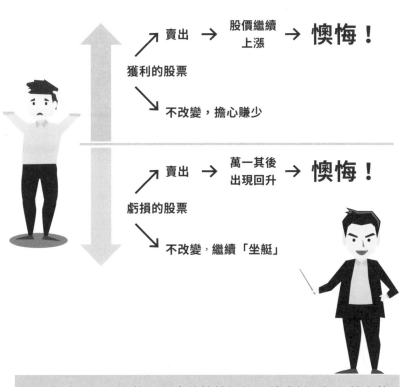

賣出 → 股價繼續上漲 → 懊悔！

獲利的股票

不改變，擔心賺少

賣出 → 萬一其後出現回升 → 懊悔！

虧損的股票

不改變，繼續「坐艇」

　　投資者是否要換股，應該按情況作具體分析：如果持有的股票處於明顯下跌趨勢的初期，而股價仍處於高位，這時止蝕離場是明智不過的決定。反之，如果股票是處於上升趨勢的初期或下跌趨勢的尾段，那就毋須太擔心而隨意換股，耐心持股等待為宜。

喜歡炒底是常態？

錨定效應（Anchoring Effect）

當我們對某件事作定量估測時，容易慣性地將某些特定數值視為起始值，而起始值就如同錨一樣制約著估測值；當進行估測時，往往會不自覺地給予起始值過多的重視，而影響估測的本質。

「錨定效應」經常在日常生活中發生，舉個例，如果把一件新款蛋糕，擺放在高級糕點的同一貨架上，十之八九的消費者會覺得，新款蛋糕同樣是高級食品；相反，如果把它放在不起眼的貨架，與平價的糕點擺在一起，即使新款蛋糕味道再好，質量再高，也難以被消費者視為高級糕點。

以上的心理運作，主要是我們將新款蛋糕擺放的位置、附近的食品定為錨，以這些環境作為參考基點，去判斷新款蛋糕的素質；但本質上，新款蛋糕是完全獨立的，它的味道和質素並不會受外在環境所改變。

同樣地，為甚麼當股價大跌後，人們會經常想炒底博反彈？也是因為「錨定效應」。由於我們很難知道股票的真實價值，在資

訊不足的情況下,往往會以過去的股價作基準,去估計當前股價的值博程度。當看到股價跌了很多時,比較之下,自然會聯想到股價是否見底了?如果在此低價買入,漲起來不就大賺了!於是就決定入市了。

把一件新款蛋糕,和高級糕點擺在一起,會被消費者視為高級糕點。

相反,如果把新款蛋糕放在平價的糕點邊,也難以被消費者視為高級糕點。

　　事實上,要判斷股價是否見底,不能單純地以過去股價作基準,「覺得」現時股價距離舊價已跌了很多,就是時候反彈作合理解釋。底部的形成相當複雜,而且有長期、中期及短期底部之分。例如,在判斷是否見短期底部時,我們會以股價有否回落到 10 天、20 天平均線時獲支持,並快速升穿 5 天、10 天平均線為依據;而判斷是否見中期底部時,會留意近兩個月,圖表形態有否形成頭肩底、雙底、V 型底和圓底形態之類⋯⋯總之,利用技術面分析底部(詳見本書第 3 式及前作《股票投資 All-in-1》之【買賣時機篇】),絕對比利用「錨定效應」的參照點準確得多。

為何在牛市賺不到錢？

同儕悖論（Peer Paradox）

在相同的條件下，人們總是喜歡把得與失、成功與失敗的標準，定格在和其他參照物的比較，而忽視了客觀的評價。

究竟何謂「失」？何謂「得」呢？

假設在股市中，你和其他同事都有一筆相同的資金入市，你會選擇以下哪個結果？

⇨ **情況 1：**同事一年賺取 20%，而你賺取了 22%。

⇨ **情況 2：**同事一年賺取 35%，而你賺取了 25%。

結果發現，原來大多數人會選擇情況 1。很多人的投資成功標準，常常不是利潤的多與少，而是跟其他同事朋友比較；即使自己在情況 2 時賺得比較多，但由於其他同事的盈利都比自己高，所以多數人都傾向「自己賺得比別人多」的選擇，從個人盈利的角度看，這確實是不夠理性。

由此可見，投資者往往會把別人的成績，視為判斷個人得失的「參照點」。他們重視的不是盈虧的最終結果，而是看最終結果跟參照點之間的差額。同一個收益數字，可看成是「失」，也可看成是「得」，完全取決於參照點的位置，這種由非理性的得失感所主導的情緒，很容易影響我們的投資決策。

例如在牛市時，發現朋友的股票一漲再漲，但自己的股票卻沒有表現，你就會心亂如麻，打算改變原先定好的操作計劃；當換股買入別人的股票時，卻出現舊股一賣即升的情況，而新買入的股票卻由於早前升幅巨大而開始回調。因為跟他人作比較，結果就白白浪費了牛市的好時機。

你和其他同事都有一筆相同的資金入市，你會選擇以下哪個結果？

情況 1
同事一年賺取 20%，而你賺取了 22%

20%　22%

情況 2
同事一年賺取 35%，而你賺取了 25%

35%　25%

大多數人會選擇情況 1

股票投資必須學會獨立分析，謹慎按計劃地進行操作，並且有自己的盈利標準，毋須跟別人的成績作比較，甚至因為別人賺得比自己多而眼紅——只要在股市賺到錢的，就是贏家。

接收訊息愈多，
真的會賺得愈多？

知識幻覺（Delusions of Knowledge）

為了更易掌握事物的全貌，人們會傾向從各種渠道接受不同的訊息，認為收集得愈多愈好，慢慢就變成過度自信，最終影響了決策的判斷。

投資者一般會認為，擁有愈多訊息，愈能優化自己的投資決策，所以吸收的知識量愈多，個人的投資行為就會愈理性……但原來，當我們面對海量訊息時，往往無法將真正有用的訊息從訊息庫中提煉出來；加上缺乏處理各類訊息的經驗，結果令正確的訊息產生錯誤的導向性，最終造成更多的投資失誤。

在互聯網時代收集訊息是非常容易的事，但面對各方訊息時，投資者容易會作出錯誤反應，例如：

1. 反應過度：在牛市期間，投資者容易變得非常自滿，選擇性地無視負面的經濟和政治新聞，在只求賺大錢的情況下，對偏好的訊息反應過度。

2. 反應不足：不同人有不同的性格，在面對好消息或壞消息時，有些投資者需要經過一段時間才能作出反應。所以我們經常看到即使公司發盈喜，股價亦要待數個月才上漲的情況。

3. 回憶偏好：當聽到某隻股票將會爆升的消息時，你會回憶起以前曾聽過類似的情況，於是會改變你對股價未來走勢的預期，令你對高位產生幻想，期望現實會如心中劇本般上演。

4. 從眾心理：由於資訊實在太多，於是選擇順著主流而行，因為會顯得更有安全感。但如果人人都是這種想法，見漲就追的話，股價就會很快脫離實質價值，泡沫隨時會爆破。

　　說到底，除非你絕頂聰明、分析能力極強，否則要消化持續不斷的訊息絕非易事，以下是一些簡單提示，希望有助你如何有效地處理訊息，作出正確的投資策略：

1. 不要看到消息就急忙作出交易決定
2. 小心提防小道消息或所謂的內幕消息
3. 對高市盈率的股票要份外小心
4. 收到消息後，要查找消息的真實來源
5. 不要為收集數據而收集數據
6. 閱讀公司年報，作為消息真確度的參考（詳見第 2 式）
7. 消息出現後，第二天價格產生波動屬正常現象
8. 可參考財經專家意見，但不要盲目跟隨

網上交易無法令你提高收益？

控制幻覺（Illusion of Control）

當認為自己能夠對不可控制的事情產生影響力時，就會出現「控制幻覺」，這種幻覺往往會衍生過度的自信，令人在進行決策時出現誤判。

以下是一個小實驗，測試者被安排在兩種情況下進行投硬幣賭博，並自行分配兩種情況的投注金額：

⇨ **情況 1**：由別人拋硬幣

⇨ **情況 2**：由你親自拋硬幣

雖然兩種情況的概率是完全相同，拋出公或字的可能性都是 50%，但實情卻是，測試者在情況 2 的投注金額明顯高於情況 1。

實驗顯示，由於測試者在情況 2 可以親身拋硬幣，令他們產生「控制幻覺」，以為自己可以「控制」出現的概率，於是更勇於投注更大的金額，這情況在股市同樣經常發生。

在互聯網年代，投資者可以進行網上股票交易，以更快捷方便的方式進行買賣操作——但正是這種便利，往往令投資者覺得，透過網絡資源可以快速了解行情，能夠第一時間捕捉市場焦點，從而擴大自己的盈利。但實況卻是，網上交易令投資者的買賣進行得更頻繁，在震盪的市況下反復追漲殺跌，不斷止蝕，結果當真正的黃金機會來臨時，手上可以投資的本金已所剩無幾了。

在兩種情況下進行投硬幣的賭局，你會如何作出選擇？

情況 1

由別人拋硬幣

情況 2

由你親自拋硬幣

情況 2 的投注金額 明顯高於情況 1

無可否認，網絡世界能讓你掌握更多市場資訊，透過即時財經新聞及網上交易，更可隨心所欲地進行買賣決定；但同時亦令人變得更自負，由於甚麼都可以由自己控制，於是產生「控制幻覺」，結果造成過度交易的情況，不必要的手續費就累積起來，損害了投資收益的效率。

選股如選美，喜惡誰話事？

投射效應（Projection Effect）

人會慣性地把自身的喜惡、情感和觀念，投射到別人身上，認為對方都和自己一樣，對某些事情有相同的看法。例如一個經常算計別人的人，總會覺得別人也在算計自己；一個喜歡說假話、愛吹噓的人，總認為別人也在欺騙自己。

經濟學家凱恩斯（John Keynes）總結自己在金融市場投資的訣竅時，提出了「選股如選美」的心得：

「在選美比賽中，如果猜中了誰能夠得冠軍，你就可以得到大獎。你應該怎麼猜？凱恩斯的看法是：『別猜你認為最漂亮的能夠拿冠軍，而應該猜大家會選的哪個女孩做冠軍。即使這個女孩長得不漂亮，但只要大家都投她的票，你就應該選她，而不能選那個長得像你夢中情人的美女。』總之，選美就是猜準大眾的選美傾向和投票行為，跟選股如出一轍。」

凱恩斯的理論，貌似叫我們不應該選自己認為最好的股票，而要買大家都買的股票……但當中的原意，其實是提醒投資者注意

「投射效應」，別把個人喜惡天真地當作市場的偏好，並以此基礎進行決策。例如當自己喜歡某一隻股票，就認為別人也會喜歡，於是就覺得此股將會受市場追捧，一定會賺錢；但買入後，結果往往是「套牢」的開始。

我都唔鍾意

嘩！呢個正！

選美就是猜準大眾的選美傾向和投票行為，跟選股如出一轍。

　　「投射效應」會令人容易變得自負，而忽略了其他投資買賣的細節。即使你喜歡的股票基本面很好，但如果技術面是不利入市的話，別人又怎會現在買進呢？當然，我們亦不應該人云亦云，只買大家都買的股票；萬一自己不做足功課，純粹跟風買入，因為「羊群效應」而集體選擇了一隻「妖股」，到時候真的喊都無謂了！

第 2 式

尋找好股
做足基本分析

甚麼是基本分析？

基本分析有何優勢？

基本分析為何易學難精？

財報研究從何入手？

如何運用「損益表」？

如何運用「資產負債表」？

如何運用「現金流量表」？

甚麼是股本回報率（ROE）？

甚麼是市盈率（PE）？

甚麼是基本分析？

根據財經教科書的定義，基本分析（Fundamental Analysis）是一種利用財務分析和經濟學研究來評估企業價值的估值方法。由一大堆專有名詞拼砌出來的定義，就算不是投資新手，也很難完全理解箇中的概念。其實基本分析並非如大家想像般複雜，只是坊間很少有系統地將之呈現出來。

眾所周知，投資獲利要訣就是如何準確拿捏低買高賣的時機。基本分析的獲利心法也不例外，其核心理念是用一個合理甚至是偏低的估值買入股份去等待價值顯現，而價值釋放主要可透過以下三大方面顯現出來。

首先，企業做生意會不斷產生自由現金流，企業將現金流以股息形式派發予投資者、或者將資金再投資於新項目確保未來增長，即使以合理估值投入，投資者作為股東最終亦能享受企業所帶來的成果。事實上，部分藍籌股如中電（00002）、電能（00006）、港鐵（00066）、領展（00823）正是透過這個方式回饋股東的表表者，而它們長線回報如何相信大家是有目共睹的。

另一種釋放價值方法是在低估值買入未被市場重視的股份，博其估值擴張來獲利。舉例說，假設有一隻近年業績穩步增長、市盈率（PE）僅 15 倍的二線快餐股，投資者若在市場認可前買入該

二線快餐股,一旦她的市場份額上升,市盈率擴張至 25 倍水平,投資者就能獲取厚利。

最後一種體現價值形式是折讓收窄,公司業務價值未必有重大變動,但若果市況好轉、利率下跌或行業整體漸入佳境的話,折讓收窄下股價就能節節上升。比方說,投資者買一隻市賬率低於行業平均的二線地產股,一旦地產市道好轉,二線地產股有機會因市場追捧落後股份而上漲。

價值釋放三大方面

1

投資者合理估值投入

企業確保未來增長

回饋股東

2

投資者買入 未被市場重視的股份

等待估值擴張

3

投資者買一隻市賬率低 於行業平均的二線股

等待行業好轉,二線股 有機會因市場追捧落後 股份而上漲

基本分析有何優勢？

德州撲克為世界上最受歡迎的撲克遊戲之一，玩家須根據概率及心理學擬定策略，以贏取彩池中的獎金。若果用德州撲克作比喻，基本分析投資者就是德州撲克的 tight player，他們大多要持有強勁手牌才會出手。這種打法本質上是要優勢側重於自己身上才出擊，以提高擊敗對手的勝算。

每逢談及基本分析優勢，就一定離不開安全邊際（Margin of Safety）。安全邊際乃巴菲特（Warren Buffett）啟蒙老師格雷厄姆（Benjamin Graham）所提出的概念，簡單來說就是判斷股價和企業內在價值的差距是否足夠。股價相比企業內在價值折讓幅度愈大，投資風險愈低，潛在回報亦愈高。基本分析就是要在安全邊際夠大的情況下出手，輸面低、贏面高，這就是基本分析的優勢所在。

事實上，投資遇上不確定的事乃十常八九，例如行業併購、計算失誤、政策轉向、政治風險，而安全邊際就是提供緩衝空間，以容許投資者即使出錯亦不會帶來重大虧損。

然而，基本分析並非僅僅判斷股價對比內在價值是否存在折讓，更重要是問自己折讓為何存在。道理跟玩德州撲克一樣，高

手會時刻評估對手牌陣,以判斷自己牌陣為何會優於對手,這才是當中的致勝要訣。

　　當然每套投資方式都會有缺點,基本分析亦不例外。基本分析的缺點是不知道投資機會何時會來以及會不會來臨,耐性及判斷會是這種打法勝負的關鍵。

判斷股價和企業內在價值的差距

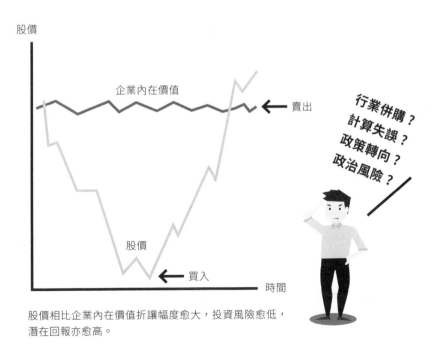

股價相比企業內在價值折讓幅度愈大,投資風險愈低,潛在回報亦愈高。

基本分析為何易學難精？

如果銀行推出信用卡優惠，卡主只要月內簽賬一次就可以用五折換領價值 1,000 元超市現金券，市場會對這個活動有何反應？其實不用說都知，絕大部分卡主會蜂擁換購現金券，皆因以折扣買入實際價值高出現值一倍的優惠，與銀行送錢給卡主無分別。其實基本分析也是同出一徹，整套功夫的核心理念就是用折讓價買入內在價值比現價高的企業，等待價值回歸。

之不過投資並非如換領現金券如此簡單，現金券明碼實價，內在價值高低大家心裡有數，價值 1,000 元的現金券總不會一年後貶值至 500 元吧。在瞬息萬變的營商環境，股票內在價值會隨著時間而浮動，並非一成不變，利率、政策、通脹、同業舉動等變動都會影響企業價值。用一個簡單例子說明，如果有間公司往績利潤有六成來自補貼，一旦政府決定取消補貼政策，假設其他因素不變，那間公司的內在價值無可避免要急跌六成。這個例子或許太誇張，但想帶出一點的是基本分析是一個動態概念，不能將視點置於特定時間點上。

再進一步說，對於運用基本分析的投資者而言，知道愈多資訊確實有助加強持股信念，但得知資訊量的多寡並不一定跟投資回報率成正比。十七世紀初，伽里略（Galileo Galilei）透過望遠鏡發現木星體系有四大衛星，這個發現說明地球並不是宇宙的唯一中

心，亦即是說「地心說」有其不足之處。伽里略的觀察結果是支持哥白尼（Nicolas Copernicus）提出的「日心說」，即天體是環繞著太陽轉動，但當時天主教教會公認的世界觀乃「地心說」，伽里略其後更被傳召到羅馬接受審訊，而裁判庭最終亦沒有承認「日心說」的地位。用今時今日的科學觀去看，天體當然是環繞著太陽轉動，但當時礙於各種原因無法確立「日心說」的地位，令到真相無法見天。放諸投資亦一樣，即使投資者神通廣大知道所有資訊，都未必保證能夠獲利，只要大眾對資訊有出乎意料的反應，結果已經是大有不同。

看到這裡，相信大家知道為何基本分析是易學難精。基本分析並非模仿巴菲特的選股方法就可以成功，要做到形神合一絕非一朝一夕的事。

財報研究應從何入手？

　　老子有云，「千里之行，始於足下」，雖然基本分析要學得精絕非易事，但若果連入門功夫也不學好，一切恐怕只是空談。本篇及以後篇章節將以大快活（00052）作實例，介紹一些基礎財務知識，好讓大家學以致用，發掘更多投資機會。

　　要運用基本分析研究一間公司，閱讀中期及年度報告是不可或缺的環節。本港上市公司的中期及年度報告均能在港交所「披露易」網站中下載。

「披露易」網站：
http://www.hkexnews.hk/listedco/
listconews/advancedsearch/search_
active_main_c.aspx

投資者只要輸入「股份代號」、再於標題類別選擇「財務報表/環境、社會及管治資料」，最後按「搜尋」鍵就能看到過往中期及年度報告的下載連結：

以下為大快活 2015/2016 年報的目錄節錄：

獨立核數師報告 Independent Auditor's Report	86
綜合損益表 Consolidated Statement of Profit or Loss	88
綜合損益及其他全面收益表 Consolidated Statement of Profit or Loss and Other Comprehensive Income	89
綜合財務狀況表 Consolidated Statement of Financial Position	90
綜合權益變動表 Consolidated Statement of Changes in Equity	92
綜合現金流量表 Consolidated Cash Flow Statement	94
財務報表附註 Notes to the Financial Statements	96
主要附屬公司 Principal Subsidiaries	173
本集團五年財務概要 Five-Year Group Financial Summary	175
本集團所持的投資物業 Investment Properties Held by the Group	176

每份中期及年度報告均附上一套會計文件，以反映過去半年度或年度的財政表現及於期末財務狀況。一套會計文件最基本有三種財務報表，分別是損益表、資產負債表（又稱財務狀況表）及現金流量表。

1. 損益表（Statement of Profit and Loss）：主要反映公司期內收入、支出及純利的表現

2. 資產負債表（Balance Sheet）：主要反映公司於期末的資產、負債及股東權益的狀況

3. 現金流量表（Cash Flow Statement）：主要反映公司期內經營活動、投資活動及融資活動的現金流量情況

三大財務報表相輔相成，投資者將之合併分析，就能綜觀企業經營面貌。三大財務報表數據繁多，如何利用一些財務比率將之整合是非常重要的，以後篇幅將會逐一介紹給大家。

如何運用「損益表」？

如何運用「損益表」？損益表主要用途是反映公司盈利狀況，報表中的收入、毛利、經營溢利、純利會是焦點所在。以下為大快活 2015 年 4 月至 2016 年 3 月的綜合損益表：

綜合損益表
Consolidated Statement of Profit or Loss

截至二零一六年三月三十一日止年度（以港幣列示）
For the year ended 31 March 2016 (Expressed in Hong Kong dollars)

		附註 Note	二零一六年 2016 千元 $'000	二零一五年 2015 千元 $'000
收入	Revenue	3(a)	2,427,973	2,244,885
銷售成本	Cost of sales		(2,040,943)	(1,910,638)
毛利	Gross profit		387,030	334,247
其他收入	Other revenue	4	9,231	6,684
其他虧損淨額	Other net losses	4	(8,417)	(3,659)
出售持有待售的非流動資產的淨收益	Net gain on disposal of non-current assets held for sale	13	11,710	-
銷售費用	Selling expenses		(26,239)	(31,405)
行政費用	Administrative expenses		(119,217)	(108,683)
物業、機器和設備的減值虧損	Impairment losses on property, plant and equipment	10(b)	(8,916)	(16,406)
投資物業估值虧損	Valuation loss on investment properties	10(a),10(b)	(2,110)	(607)
經營溢利	Profit from operations		243,072	180,171
融資成本	Finance costs	5(a)	(171)	(70)
除稅前溢利	Profit before taxation	5	242,901	180,101
所得稅	Income tax	6(a)	(42,123)	(36,134)
本公司權益股東應佔本年度溢利	Profit for the year attributable to equity shareholders of the Company		200,778	143,967
每股盈利	Earnings per share	9		
基本	Basic		158.62 仙cents	114.13 仙cents
攤薄	Diluted		157.53 仙cents	113.35 仙cents

第96至第172頁的附註屬本財務報表的一部分。應付本公司權益股東的股息的詳情載列於附註23(b)。

The notes on pages 96 to 172 form part of these financial statements. Details of dividends payable to equity shareholders of the Company are set out in note 23(b).

（a）收入（Revenue）

分析損益表首要任務就是看公司業務及收入來源，投資者可按財務報表附註查找相關資料。

以下為大快活財務報表附註 3（a），當中列明大快活的主要業務是經營快餐店和物業投資，同時亦有兩項收入的明細。

了解公司收入來源後，接著可計算收入的按年變幅，這有助投資者推敲收入增減的原因。

$$收入變幅 = \frac{（當期收入 - 前期收入）}{前期收入} \times 100\%$$

以大快活為例，2016 財年收入變幅 =（24.28 億元 – 22.45 億元）/ 22.45 億元 x 100% = 8.16%

大快活期內開設 15 間新分店、中港兩地快餐業務同店銷售按年上升 5%，這都帶動大快活收入錄得高單位數增長。

(b) 毛利（Gross Profit）

毛利是將收入減去主要業務的直接成本計算得出，絕大部分情況下損益表也會顯示毛利給投資者參考。

$$毛利 = 收入 - 銷售成本$$

以大快活為例，2016 財年毛利 = 24.28 億元 – 20.41 億元 = 3.87 億元

由於公司每年收入有起有伏，單計毛利變幅未必能反映成本佔比變化，故此分析毛利時毛利率就起到重要作用。

$$毛利率 = \frac{毛利}{收入}$$

以大快活為例，2016 財年毛利率 = 3.87 億元 / 24.28 億元 = 15.9%

投資者可同時計算前期毛利率，以比較企業的成本佔收入比例的趨勢。

以大快活為例，2015 財年毛利率 = 3.34 億元 / 22.45 億元 = 14.9%

大快活銷售成本主要包括食物成本、勞工成本、租金及差餉，而毛利率上升 1 個百分點主要是食材成本錄得溫和增幅所致。

(c) 經營溢利（Profit from Operations）

一間企業做生意會錄得銷售費用、行政費用、其他收入及支出（包括銀行利息收入、匯兌虧損、出售資產收入等）。經營溢利就是毛利減去經營淨支出所得出的利潤，亦可稱之為「息稅前利潤」（Earnings Before Interest and Tax）。

> 經營溢利 = 毛利 – 銷售費用
>   – 行政費用 + 非經營收入
>   – 非經營支出

以大快活為例，損益表已顯示 2016 財年經營溢利為 2.43 億元。

損益表一般會列出經營溢利的計算過程以供參考，但大家亦要下點功夫分辨哪些是一次性或非現金流項目，然後作出相應調整以計算核心經營溢利。一般來說，出售資產收益淨額、政府補償、上市開支等就是一次性項目，而投資物業或證券組合公平值變動就是非現金流項目。

> 核心經營溢利 = 經營溢利 – 一次性收入 +
>   一次性支出 – 非現金流收入 +
>   非現金流支出

以大快活為例，2016 財年錄得出售持有待售的非流動資產收益淨額 1,171 萬元，這很明顯是一次性收益，故此要從經營溢利減走這部分。至於物業、機器和設備的減值虧損以及投資物業估值虧損則須斟酌，原因是大快活或因經營業務而令機器及設備造成損耗、內地投資物業亦可能因人民幣貶值而持續錄得估值虧損，故此將之保留亦無不可。

大快活 2016 年財年核心經營溢利 = 2.43 億元 - 0.12 億元 = 2.31 億元

同樣地，投資者可計算 2015 財年核心經營溢利，並將之跟 2016 年財年核心經營溢利作比較。

大快活 2015 年財年核心經營溢利 = 1.80 億元，即大快活 2016 年核心經營溢利按年增加 5,126 萬元或 28.5% 至 2.31 億元，主要由於毛利上升及銷售費用錄得下降所致。

(d) 純利（Net Profit）

純利是經營溢利減去融資成本及所得稅後的利潤，是量度企業獲利能力的核心指標。

> 純利 = 　經營溢利 – 融資成本 – 所得稅

以大快活為例，2016 財年純利 = 2.43 億元 –17 萬元 - 0.42 億元 = 2.01 億元

同樣地，投資者亦要計算撇除一次性及非現金流項目後的核心純利。

核心純利 = 核心經營溢利 – 融資成本 – 所得稅

以大快活為例，2016 財年核心純利 = 2.31 億元 –17 萬元 - 0.42 億元 = 1.89 億元

大快活 2015 年財年核心純利為 1.44 億元，即大快活 2016 年核心純利按年增加 4,510 萬元或 31.3% 至 1.89 億元，增幅主要由於毛利上升及銷售費用錄得下降所致。

投資者亦可同時計算核心純利率，以知道公司每元收入可轉化為多少元利潤，這有助大家深入了解公司的獲利能力。

$$核心純利率 = \frac{核心純利}{收入} \times 100\%$$

以大快活為例，2016 財年核心純利率 = 1.89 億元 / 24.28 億元 = 7.78%，這表示大快活每 100 元收入可為股東帶來 7.78 元利潤。

如何運用「資產負債表」？

資產負債表主要反映公司於期末資產（Assets）、負債（Liabilities）及股東權益（Shareholders' Equity）的情況，以反映公司於特定日期的靜態狀況。

(a) 資產

資產可按使用期限分為兩大類，使用期限超過一年的資產稱為非流動資產、使用期限少於一年的資產則稱為流動資產。非流動資產例子包括投資物業、廠房、機器、設備、已付租金按金等，而流動資產則是變現能力較高的資產，包括存貨、應收賬款、現金、短期債券等。

(b) 負債

跟資產一樣，負債可按償還期限分為兩大類，償還期限超過一年的負債稱為非流動負債、償還期限少於一年的負債則稱為流動負債。非流動負債例子包括長期銀行貸款、長期債券、僱員長期服務金、遞延稅項等，而流動負債例子包括短期銀行貸款、一年內到期債券、應付稅項、應付賬款等。

(c) 股東權益

　　股東權益就是資產減去負債的金額，即股東的身家，這亦是會計恒等式的由來。

> 會計恒等式：資產 – 負債 = 股東權益

　　以下將以大快活於 2015 年及 2016 年 3 月底的資產負債表來介紹如何速讀資產負債表：

（a）固定資產

固定資產是指用於生產產品或提供服務而持有的非流動資產。一般而言，固定資產增加長遠有助提升公司收入，故此固定資產變化具一定參考性。以大快活為例，「其他物業、機器和設備」就是主要固定資產，2016 財年底「其他物業、機器和設備」按年錄得 13% 增長，跟新增店舖步伐匹配。

（b）存貨

存貨是公司為了生產產品或提供服務而購入的原材料，存貨及收入變幅是否相稱亦是需要注意地方之一。以大快活為例，2016 財年底存貨按年下跌 4.2% 至 3,691 萬元，相比起期內收入增長 8.2% 屬正常變化，因為快餐屬快銷行業，公司毋須累積大量存貨去應付收入增長，存貨維持一個固定水平就算合理。

（c）應收賬款及應付賬款

應收賬款是公司因銷售產品或提供服務而容許客戶於一段時間後才支付費用所產生的信貸額，這種安排令客戶周轉更容易，繼而令公司賺取更多收入。同樣地，投資者需注意應收賬款變幅是否合理。以大快活為例，2016 財年底應收賬款按年增加 17.1% 至 7,071 萬元，主要由於已付租和公用事業按金增長所致，數據亦跟新增店舖步伐匹配。

　　應付賬款是供應商因公司採購材料或使用服務而容許於一段時間後才支付費用所產生的負債，這種安排令公司周轉更彈性，從而向供應商長期取貨。跟應收賬款一樣，大家需留意應付賬款變動是否正常。以大快活為例，2016 財年底應付賬款按年上升 25% 至 3.64 億元。雖然增幅稍高，但大快活現金充裕，償還應付賬款亦綽綽有餘。

(d) 淨負債比率

　　分析資產負債表，觀察淨負債比率是非常重要的。若果一間公司長期以高淨負債比率經營生意，現金流同時又吃緊的話，投資這類公司則要非常審慎。淨負債比率是將公司所有借款減去手上現金，再除以股東權益計算得出，數值愈高，代表公司槓桿愈大。

$$\text{淨負債比率} = \frac{(長期銀行貸款 + 短期銀行貸款 + 長期公司債券 + 短期公司債券 + 其他借款 - 現金及銀行存款)}{股東權益}$$

註：淨負債比率得出負數代表公司持有淨現金，即公司手上現金足以償還所有借款有餘

　　以大快活為例，2016 財年底淨負債比率 = （358 萬元 + 305 萬元 – 5.49 億元）/ 6.76 億元 = -80.1%，即是處於淨現金狀態，財政非常穩健。

如何運用「現金流量表」？

現金流量表顯示公司於過去一段時間的現金流入及流出情況，而根據現金流性質，會計學上將之分為經營現金流、投資現金流及融資現金流三大類。

（a）經營現金流

經營現金流是指公司營運業務時所產生的現金流，例如從客戶收取款項、購買原材料、支付行政開支、應收賬款增減等，這都被視為經營現金流。

經營現金流對於評估盈利質量很有幫助。一般來說，在應收賬款及應付賬款比例維持穩定的情況下，經營現金流淨額應該大於除稅前盈利，這是因為折舊及攤銷不涉及現金支出。若果經營現金流淨額顯著低於除稅前盈利，甚至是負數，常見原因包括存貨增加或應收賬款增加。

以大快活為例，2016 年財年經營現金流淨額為 3.37 億元，大於除稅溢利 2.43 億元，反映經營現金流健康。

（b）投資現金流

投資現金流是指公司對固定資產及金融工具等買賣、聯營及合營公司投資變動、收購公司等投資活動所產生的現金流。例如出售投資物業、自聯營公司收取股息會被視為投資現金流流入，而購入機器及設備、買入定息債券則被視為投資現金流流出。

投資現金流主要反映公司為未來增長所投入的金額。一間企業若要維持增長就要持續投入資本作投資，因此企業錄得適量的投資現金流流出反而是健康現象。相反，若果一間企業長期沒有購置機器及設備，未來業績增長空間很可能會受限。

以大快活為例，投資現金流淨流出 1.21 億元，而其中購入物業、機器及設備約 1.09 億元，反映大快活亦有為未來增長作出部署。

(c) 融資現金流

融資現金流是指公司支付股息、回購股份、發行新股及債券集資、新增及償還銀行貸款或信託貸款等融資活動所涉及的現金流。例如支付股息、回購股份、償還銀行貸款會被視為融資現金流流出，而發行債券集資、新增銀行貸款則被視為融資現金流流入。

要評估融資現金流是否健康並沒有一個通用準則，投資者要視乎情況作判斷。舉例說，一間高速增長的企業從股本及債券融資去作資本開支的話，未必不是壞事。反之，一間負債低的公司高價出售重要資產後又不派發股息或回購股份回饋股東，這又稱不上是一件好事。

以大快活為例，2016 財年融資現金流流出淨額為 1.29 億元，其中已付股息及回購股份合共動用約 1.32 億元，反映大快活沒有融資需要，但同時又願意跟股東分享經營成果。

甚麼是股本回報率 （ROE）？

　　在眾多財務指標中，若論實用性相信非股本回報率（Return of Equity, ROE）莫屬。股本回報率為核心純利除以年初及年末股東權益的平均值，是評估公司盈利能力的指標。

$$股本回報率 = \frac{核心純利}{[（年初股東權益 + 年末股東權益） / 2]}$$

　　股本回報率反映公司每一元股東權益能產生多少元利潤，例如股本回報率 15% 表示公司每 100 元股東權益能為股東帶來 15 元利潤。一個常用分析方法是看過往五年公司股本回報率變化，若果股本回報率穩步上揚，則反映公司盈利能力處於上升趨勢，值得深入研究。

　　然而，投資者不宜直接比較不同行業公司的股本回報率。由於不同行業有不同特質，例如科技股採用輕資產模式會享有較高股本回報率，而建築股因為毛利率低而拖低股本回報率，故此股本回報率宜用於比較同一行業的公司。

以大快活為例，2016財年股本回報率＝（1.89億元）/ [（6.76億元 +6 億元）/2] = 29.6%。大快活每 100 元股東權益能為股東帶來 29.6 元利潤，獲利能力如此高及具持續性的公司定必享有高估值。

股本回報率（ROE）
是我最重視的指標。
——「股神」巴菲特

甚麼是市盈率（PE）？

從三大財務報表中了解企業經營面貌後，最後一步是評估公司估值是否合理。大部分情況下，市盈率可被視為股份的估值指標。市盈率是市價除以每股盈利，數值愈低，代表投資者能以相對較低估值買入股票。

$$市盈率 = \frac{市價}{每股盈利} = \frac{市價}{（純利 / 已發行股票加權平均數）}$$

註：已發行股票加權平均數可在財務附註找到

舉例說，股票甲的市價為 40 元，而過去一年的每股盈利為 2 元，市盈率等於 40/2=20 倍。假設其他因素不變，若果股票乙的市盈率為 15 倍，則表示股票甲的估值高於股票乙。

大家可能會問為何股份市盈率愈低代表估值愈低。我們可以用另一個角度來分析，假設股票甲每股盈利將來維持不變，那麼投資者需要多少年才能回本呢？答案就是 20 年，只要將每股盈利 2 元乘以 20 倍市盈率，就是股票市價 40 元。換句話說，市盈率又可視為回本期，回本期愈短，代表預期回報率愈高，即估值愈低。

為了更準確評估公司估值，投資者計算核心市盈率，以免市盈率因一次性項目而大幅偏離真實水平。

$$核心市盈率 = \frac{市價}{每股核心盈利} = \frac{市價}{(核心純利 / 已發行股票加權平均數)}$$

　　以大快活為例，2016 年 9 月 30 日收市價為 36 元，2016 財年核心純利為 1.89 億元，2016 財年已發行股票加權平均數為 1.26574 億股，即核心市盈率 =36 元 /（1.89/1.26574）=24.1 倍。假設其他因素不變，大快活回本期為 24.1 年。

　　乍看 24 倍市盈率難免令人認為估值有高估之嫌，但估值並非靜態概念，市場偏向給予高估值予高增長、盈利能見度高、現金流強勁、不受經濟周期影響及公司管治良好的公司，這就是為何騰訊（00700）市盈率長期高鋸不下的原因。至於大快活，雖然公司並非高增長企業，但觀乎其盈利及現金流穩步上揚、業績又不易經濟放緩打擊，市場樂意付出高價亦不是不能理解的。

　　最後，筆者想提醒大家不要看輕市場智慧，市場每天會按著宏觀經濟、風險程度、業務特性以給予每間公司一個估值，故此大家不能單憑市盈率高低去判斷公司估值被低估或高估。要判斷一間公司高估或低估，大家應該嘗試理解公司估值存在溢價或折讓的原因，然後分析當中的利好或利淡因素是否合理，這樣才不會錯判公司的投資價值。

　　正如本篇開首所言，基本分析易學難精，本篇只是拋磚引玉，要達至形神合一的境界就必須痛下苦功，不能奢求一躍龍門。

第3式

買對時機
技術分析獲利

甚麼是技術分析？

技術分析有何優劣之處？

有甚麼形態分析值得參考？

陰陽燭有甚麼重要指標？

有甚麼好用的技術指標？

波浪形態是甚麼？

如何運用黃金分割？

好淡的技術形態只有一線之差？

技術分析可以一招用到老？

甚麼是技術分析？

　　基本分析顧名思義，是分析公司的基本面，包括對宏觀經濟、行業景氣、企業營運能力等指標進行分析，計算出企業的價值，再與股價比較；技術分析則是透過形態分析或技術指標，研究資產市場過去的價格表現，從而推算股價未來走勢。

　　技術分析最大的假設，就是股價是因為人的因素而起落，不論宏觀經濟、行業景氣、企業狀況如何改變，人類及市場的反應與情緒都會重複的，因此透過觀察過去的股價，便可以推測股價的未來走勢；此外，所有的資訊，不論是企業或宏觀經濟等，都已經充分反映在股價。可以說，技術分析是統計學及心理學的組合。

　　技術分析主要可以分為兩種，首先是圖表形態，就是我們經常聽到的「睇圖」，例如陰陽燭、雙頂、雙底等，依照股價走勢的規律，從而推測股價其後的走勢。

　　至於技術指標，不能單單「看圖」就能運用，需要計算股價的波幅、平均價變化、股價與成交的關係等，常見的工具包括相對強弱指數（RSI）、移動平均背馳指數（MACD）等。至於保力加通道，則是圖表形態與技術指標的揉合，本章其後將談及。

基本分析的重點是確定金融產品（例如債券、股票）的價值，基於事件及其影響來預測企業的動向，而非研究股價的變動。例如投資者採用基本分析研究一隻股票的價值時，可能會考慮一系列影響股票價值的因素，包括其過去的財務報表、盈利預測、管理層質素等，把其價值與價格的比率，與其他同行比較，如果股票價值被高估就賣出，相反則買入。

至於技術分析則是以過去股價變動的規律，從而推算其後的走勢，技術分析的信徒，較強調預測市場變化，因此即使股票估值被高估，持續出現虧損，技術分析亦可以發出「買入」的信號。

股票分析

技術分析

透過形態
例如陰陽燭、雙頂、雙底等，依照股價走勢的規律，來預測其後形勢

技術指標
計算股價的波幅、平均價變化、股價與成交的關係

基本分析

分析公司的基本面，包括宏觀經濟、行業景氣、企業營運能力等指標

技術分析有何優劣之處？

　　與基本分析比較，技術分析最大的優勢是跳出時間的局限性。由於基本分析透過分析公司的財務報表及行業動向去判斷公司價值及是否值得買入，以此作為買賣依據，便需要較長的時間分析，亦不適合短炒人士。實際上，近年高頻交易盛行，加上央行放水令全球資金氾濫，股市的周期愈來愈短，技術分析便更見作用。技術分析可以用於不同時段，例如日線圖、周線圖、月線圖等，即使短至分鐘圖、長至年線圖，都可以因應投資者個人喜好而變換技術分析的時段。

我長揸！

基本分析

透過分析公司的財務報表及行業動向去判斷公司價值及是否值得買入，不適合短炒人士

同時，由於技術分析不涉及複雜的財務知識，而 RSI、MACD 等涉及計算的技術指標，又有大量的網上平台如 aastocks、etnet 等幫忙，因此即使沒有會計、金融知識，都可以運用技術分析；基本分析離不開計算財務指標，雖然基本數據及比率同樣可以在網上尋找，但當人有我有的時候，要跑贏大市並不容易。

基本分析透過價值與股價的比較，可以評定股票的目標價，例如假如認為騰訊（00700）的價值是 300 元，那麼價值以下便可以考慮吸納；至於技術分析則有較多限制，雖然部分技術分析有量度升幅，或者運用保力加通道或移動平均線，設定心水的目標價或阻力位，然而技術分析需要見步行步，一旦技術走勢與預期不符，便需要盡快作出調整。因此，基本分析的信奉者可以 Buy and Hold（買入並長期持有），但技術分析的門徒，就需要一直 Buy and Watch（買入並長期觀察）。

我短炒！

技術分析
可以用於不同時段，例如日線圖、周線圖、月線圖等，即使短至分鐘圖、長至年線圖，適合短炒人士

　　當然，由於技術分析假設所有資訊都反映在股價上，因此如果股價無法有效反映估值，例如交投淡薄、股份掌握在少數人手中等，技術分析便無法有效反映在股價，近年部分人炒細價股、殼股等，技術分析難以套用其中。另外，由於沒有過去股價走勢作為參考，因此技術分析也不能用於分析新股。

　　實際上，筆者認為技術分析及基本分析並不是黑與白的對立，例如筆者自己大部分時間用技術分析，但同樣會用基本分析過濾基本面差的股票。例如，在美國總統特朗普上台後，透過簡單的宏觀分析大興土木的憧憬，可以預測資源股率先跑贏，然後再透過基本分析尋找基本面佳的股票，再運用技術分析尋找入市位。

有甚麼形態分析 值得參考？

　　大家常見的股價圖主要為柱狀圖及陰陽燭，前者以直條線的上下為最高價及最低價，左邊橫線記錄開市價，右邊橫線記錄收市價。為了更清楚看到開市價、高低位及收市價的分別，部分人更喜歡使用陰陽燭。

　　圖表形態眾多，有些預示轉勢，有些預示走勢持續等待突破，篇幅有限難以一一細述，以免大家「難以消化」，筆者先引其中一些代表例子作參考。

轉勢形態—雙頂 / 雙底

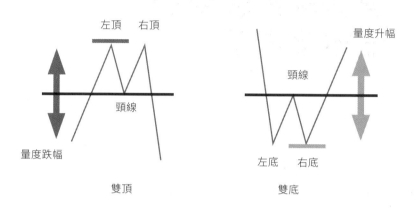

　　雙頂加上其衍生的形態，如三頂及頭肩頂，是筆者最著意的轉勢訊號之一。雙頂顧名思義，是指當價格在較短的時間內，連續兩次在相若的價位見頂回落，就像一個 M 字一樣，而 M 字中間的短期支持，會出現一條橫線，稱為頸線，這是非常重要的支持位，一旦跌穿，下跌目標就是「量度跌幅」，由頸線開始向下量度，跌幅為原來最高的頂部到頸線的距離。

　　如果跌至頸線，應該選擇追沽還是低吸？這視乎大家如何看大市，假如認為只是牛市調整，自然應該吸貨，相反則是追沽的好時機。當然，配合成交及 RSI 等指標去看，會有更多啟示。至於雙底與雙頂一樣，只需要升改為跌、跌穿改為升穿便可。

　　筆者不時看到坊間太隨意運用「雙頂」、「雙底」形態，因為只是大市波動，日升日跌而波幅不算太大，那麼同樣可以形成一個小型雙頂或雙底，然而由於時間維期太短，啟示的意義不大，因此才有那麼多「假雙底」、「假雙頂」的情況出現。

要確定突破真假，成交變動配合市場氣氛是最佳的指標。以雙頂為例，一旦市場向淡，好消息出貨，而跌穿頸線時成交增加，便有較大機會是真突破。

實例：

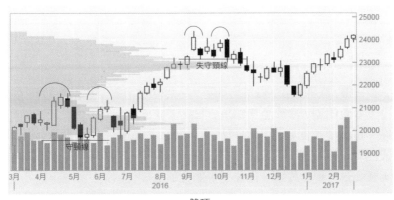

雙頂

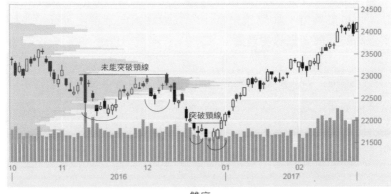

雙底

轉勢形態—三頂 / 三底

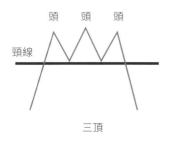

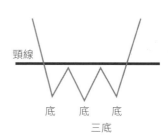

三頂 / 底與雙頂 / 底的分別不大，可以說前者是後者的加強版，由後者兩個頂 / 底部至三個頂 / 底部。以三頂為例，由於三頂的形成，是由雙頂回落至頸線再反彈至雙頂的位置，然後再次回落，因此可以說明該頸線的支持更強更重要。一旦跌穿，較雙頂有更大機會跌至量度跌幅，因此是更適宜採取破位追沽的時機。

不過，根據筆者的觀察，三頂如果沒有跌至頸線，其後再次升至頂部附近，不妨選擇破頂追貨的策略，因為四頂甚少出現。另外，「量度跌幅」與雙頂一樣，由頸線開始向下量度，跌幅為原來最高的頂部到頸線的距離。

同樣地，三底較雙底的頸線阻力大，一旦跌穿底部，同樣可以選擇追沽博破底。同樣地，三頂 / 底需要配合成交分析。

實例：

三頂

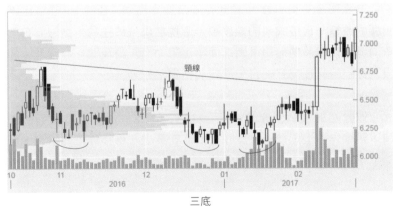

三底

轉勢形態—頭肩頂 / 頭肩底

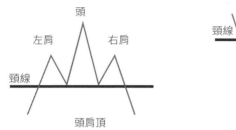

　　因為股價未必每次都能在同一位置見阻力或支持，因此三頂 / 底的變異版本頭肩頂 / 底，往往更常用到。頭肩頂以左肩、頭、右肩及頸線組成，如果以三頂類比，左肩就是左邊的頂，頭是最高的阻力位（頂），右肩是右邊的頂，頸線則是之前支持位的連接。

　　與雙頂及三頂一樣，一旦股價跌穿支持線（頸線），便會出現明顯的跌幅。最佳向淡的頭肩頂，應是右肩低於左肩，頸線向右下角前進，代表股價無法挑戰前面兩重阻力（左肩及頭）。當然，如果跌穿頸線又獲成交配合，就能加重看淡的力度。

　　頭肩底與頭肩頂原理相反，向好的頭肩底最好是右肩高於左肩，頸線向右上角前進，反映股價成功突破左邊頸線位的阻力，且沽壓不重，毋須再試左肩的低位。

　　由於頭肩頂 / 底的頸線往往是傾斜，應該如何計算量度跌幅？頭肩頂的量度跌幅，應該由突破頸線支持位開始計，由最高點（頭）至突破點的距離計算跌幅高度，然後再由該突破點向下畫相同長度的直線，便可以得出量度跌幅。同樣地，頭肩底的量度升幅，亦應該以突破頸線阻力位開始計算，以最低點（頭）計算跌幅的高度。

實例：

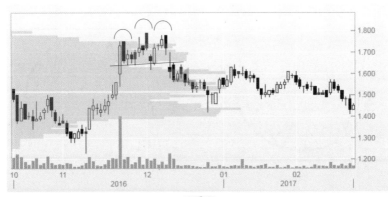

頭肩頂

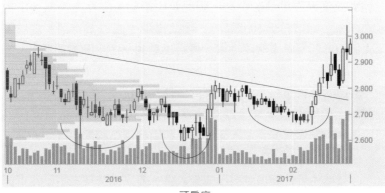

頭肩底

轉勢形態—圓頂 / 圓底

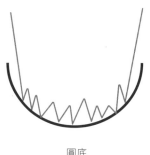

圓底

圓頂

　　圓頂 / 底同樣是重要的轉勢指標。圓頂可以分為兩部分，左半邊是大致上浪高於浪的走勢，因此走出半圓的左半方，然而由於阻力甚大，無法持續突破高位，因此出現半圓的右半部，變成浪低於低的形態。如果粗略地畫，便可以看到一個半圓的頂部。

　　圓頂同樣有頸線，於左半部的最低支持位向右畫一條橫線，便是頸線。假如在右半部分跌穿頸線，便是利淡形態，量度跌幅為圓頂最高點到頸線的距離，而跌幅目標同樣由頸線開始向下計算。

　　同樣地，分析圓頂應該用成交觀察，如果成交在左半部逐步減少、右半部逐步增加，反映買方力量不足，反而下跌時急於出貨。

實例：

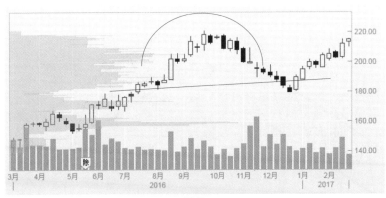

圓頂

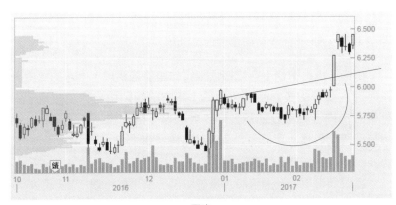

圓底

待破形態─上升／下降通道；上升／下降旗形

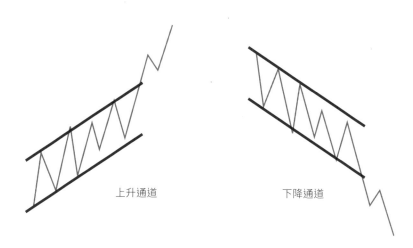

上升通道　　　　　　　下降通道

　　價格通道由兩條平行或接近平行的趨勢線組成，上方的線由一段時間內股價的多個阻力位形成，下方的線則由支持位組成。平行的方向向上為上升通道，向下自然是下降通道。一般來說，通道持續時間愈長，頂部阻力及底部支持就愈強。

　　當股價出現上升通道時，反映股價一浪高於一浪，屬於利好形態，反之下降通道則是利淡。一般來說，如果升市出現上升通道，筆者會採取支持位（通道底）入貨、阻力位（通道頂）出貨的策略，下降通道同樣如此，概括地說就是順勢而行。

不過，既然說是待破形態，如果出現突破阻力或支持，又應如何部署？這要先判斷大趨勢是升或跌。升市跌穿通道底，有機會出現轉勢，相反跌市升穿通道頂，便可能是逆轉跌勢的先兆。

因此，上升通道及下降通道衍生了上升旗形及下跌旗形的形態，上升旗形是升市期間的「小型下跌通道」，如果成功突破通道頂（旗形頂），便反映調整完畢可以入貨，如果通道持續太久甚至跌穿通道底（旗形底），上升旗形便變成下跌通道。

同樣地，下跌旗形是跌市期間的「小型上升通道」，如果跌穿通道底（旗形底），便反映「死貓彈」已完結，後市將持續向下，假如通道持續太久甚至升穿通道頂（旗形頂），下跌旗形便變成上升通道，反映跌勢成功被逆轉。

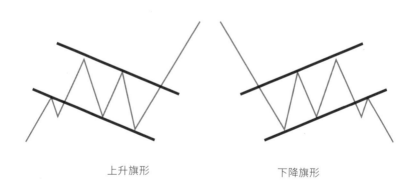

上升旗形　　　　　　　下降旗形

　　如果兩條平行線剛好打橫，那麼便是整固階段，形態稱為「長方形」，如果股價即將試平行線，便要留意成交多少，假如上試頂部時成交增加，可以考慮突破追貨，反之則趁機減貨；同樣地，下試底部時成交增加，可以考慮沽空或止蝕，反之則可以入貨博反彈。

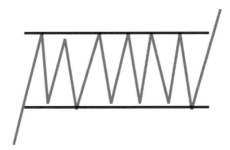

出現長方形形態為整固階段

實例：

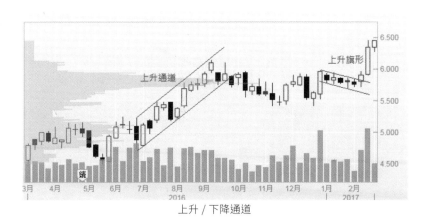

上升 / 下降通道

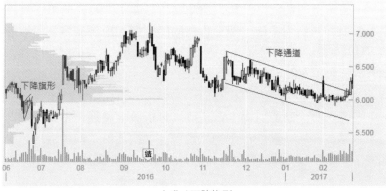

上升 / 下降旗形

待破形態—三角形

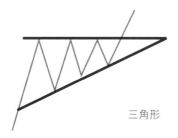

三角形

很多時候，股價的支持位及阻力位不會是平行線，因此便形成類似三角形的圖表形態。三角形代表如果尖角向左，代表阻力及支持線愈來愈向上及下，代表股價大上大落，波幅不停增加。

不過更多的情況是三角尖角向右，意即阻力及支持線逐步匯聚，股價即將出現突破，即三角整固的形態。出現三角整固的形態，難以判斷向好還是向淡，這個時候最好就是等突破順勢而為，即升穿三角頂買入、跌穿三角底沽出。

不過三角尖頭的方向，還是可以分析股價強弱，如果尖頭向上，就是支持線升勢快於阻力線跌勢，偏向看好；同樣道理，尖頭向下，就是阻力線跌勢較支持線升勢急，偏向看淡。

坊間還有一種楔形走勢，類似三角與旗形的合體，不過道理相同，部署同樣是等突破順勢而為，這裡就不詳述。

實例：

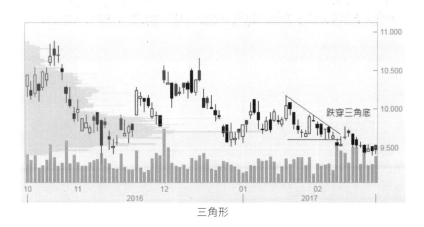

三角形

陰陽燭有甚麼重要指標？

　　陰陽燭的柱體上下為當日最高及最低價，如果收市價較開市價高，不論價格按日是升還是跌，都是陽燭，屬於傾向看好的形態；如果收市價低於開市價便是陰燭，以實心體表示。因此，陰陽燭可以分為「陰燭向上」、「陰燭向下」、「陽燭向上」、「陽燭向下」，當然，還有更多不同的形態。對熟悉圖表形態的朋友來說，柱狀圖及陰陽燭的差別不大。陰陽燭有各種形態，根據筆者的經驗，重要的形態有以下幾個，基本為轉勢形態：

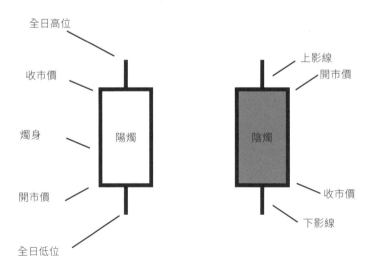

轉勢形態－身懷六甲

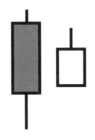

　　身懷六甲由兩枝陰陽燭組成，兩枝燭的陰陽沒有特定限制，只是第一枝燭彷彿包圍第二枝燭，就是身懷六甲。身懷六甲是不錯的轉勢指標，當出現在下跌周期，或預示即將反彈；相反，在升勢出現就是下跌的先兆。第一枝燭愈大、第二枝燭愈細，身懷六甲的預示效果就更明確。

實例：

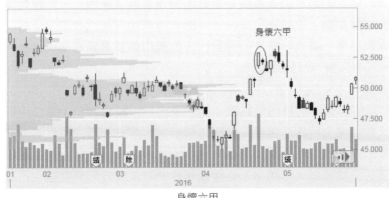

身懷六甲

轉勢形態—破腳穿頭 / 穿頭破腳

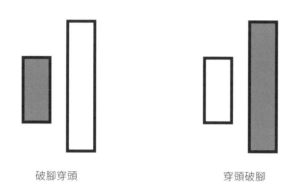

破腳穿頭   穿頭破腳

與身懷六甲相反，破腳穿頭 / 穿頭破腳是第二枝燭彷彿包圍著第一枝燭。破腳穿頭出現在跌勢，穿頭破腳則出現於升市。

在跌市期間，破腳穿頭首先出現一枝小陰燭，長度較短，然後第二天出現大陽燭，第二天的開市價必須比第一枝燭的收市價低（破腳），前者的收市價較後者的開市價高（穿頭），才是標準的破腳穿頭。破腳穿頭反映淡友開市時成功再壓低股價，但好友大舉反擊，將收市價推高至第一天的開市價甚至是最高價之上，反映好淡雙方形勢互換。

穿腳破頭則是向淡訊號。第一天出現一枝短陽燭，第二天的大陰燭完全吞噬小陽燭，其開市價必須比第一天的收市價高（穿頭），而收市價必須比之前一日的開市價為低（破腳），便是標準的穿腳破頭。同樣地，穿腳破頭反映好淡雙方形勢互換，不過今次是由好轉淡。

實例：

破腳穿頭

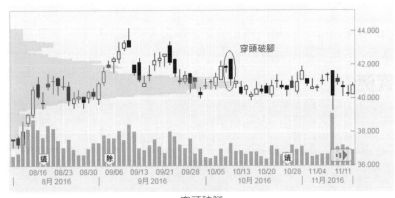

穿頭破腳

轉勢形態─鎚頭及吊頸

鎚頭及吊頸

　　鎚頭及吊頸基本一樣，都是如同鎚仔一樣，鎚頭在上的形態，陰燭陽燭皆可。鎚頭出現在跌市，吊頸在升市出現。鎚頭及吊頸都代表當日開市後股價曾大幅下跌，但跌勢放緩，其後收復大部分失地甚至收市價高於開市價。一個有啟示性的鎚頭或吊頸，下影線的長度愈長愈好，大約是燭身的兩倍以上，至於上影線及燭身愈短愈好。

　　在跌市出現鎚頭，表示淡友沽到低位後收手，大市有機會見底回升；至於在升市見吊頸，反映淡友力量不少，好友開市時無力推高，雖然向淡，但啟示度相對較低。

實例：

鎚頭及吊頸

轉勢形態—倒轉鎚頭及射擊之星

倒轉鎚頭 + 射擊之星

倒轉鎚頭及射擊之星與鎚頭及吊頸形態剛好相反，都是燭身在下，鎚柄（上影線）在較長的形態。同樣地，陰燭陽燭皆可。倒轉鎚頭及射擊之星的出現，反映開市後股價一直上升，不過升勢不能持久，收市價被壓至開市價附近。啟示度高的倒轉鎚頭及射擊之星，上影線要較燭身長，下影線與燭身愈短愈好。

倒轉鎚頭出現在跌市出現，反映好友曾經在低位嘗試反擊，雖然未果但已表示沽壓較輕。不過，同樣地啟示度一般。射擊之星則更有啟示性，它在升市出現，反映好友雖然先佔上風，但無以為繼，淡友開始反擊，因此是好轉淡的訊號。

實例：

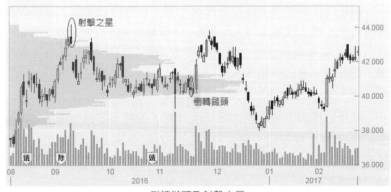

倒轉鎚頭及射擊之星

轉勢形態—早晨之星及黃昏之星

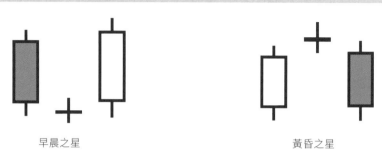

早晨之星　　　　　　　　　　　　　　黃昏之星

早晨之星及黃昏之星都由三枝陰陽燭組成，早晨之星出現在跌市，黃昏之星則出現在升市，都是轉勢的重要訊號，啟示度相當高。

早晨之星第一枝燭為大陰燭，反映股價延續跌勢，第二枝燭則是在低位牛皮，淡友攻勢放緩，開市價與收市價接近，上落波幅不大，因此上下影線都不長，形成一個「十字星」，第三枝燭必須是大陽燭，最後收復第一日的失地，反映好友已取代淡友，佔盡上風。

黃昏之星與早晨之星剛好相反，第一枝燭為大陽燭，反映好友延續攻勢，第二枝燭出現「十字星」，在高位牛皮，好友攻勢受制，收市價與開市價相近，全日波幅不大，第三枝燭則突然出現大陰燭，回吐第一日的升幅。

早晨之星及黃昏之星的啟示度甚高，如果第三日大陰／陽燭與十字星之間出現裂口，便反映轉勢的力度愈高；同樣道理，如果第三枝燭完全消化第一枝燭的升勢／跌勢，甚至超過其高／低位，轉勢則更明顯。

實例：

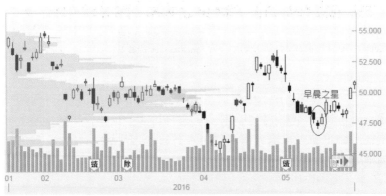

早晨之星

黃昏之星

有甚麼好用的技術指標？

　　技術指標運用過去的股價，加以平均或加權，然後推測未來股價走勢，部分指標更會引入成交的考慮因素。技術指標種類繁多，不比圖表形態少，筆者常用的指標有移動平均線（MA）、保力加通道（BOL）及相對強弱指數（RSI）。

移動平均線（MA）

　　移動平均線是過去某段時間內股價的平均數連成一條直線，主要看的平均線有 10 天、20 天、50 天、200 天及 250 天移動平均線。以 10 天移動平均線為例，就是把每日過去 10 天的股價平均數，然後連成一條線，這就是 10 天移動平均線。

　　筆者認為，坊間很多時候都將所有平均線列出來，作為支持或阻力位，然而，這跟大包圍是沒有太大分別。試想想如果我們把這種大包圍的精神發揚光大，2 天平均線、3 天平均線⋯去到 108 天平均線，密密麻麻的平均線幾乎填滿整個圖表，自然有一條平均線令自己預測「正確」，不過這種技巧只有表演作用，實戰效果近乎零。

　　純用一條線的話，筆者較常用 10 天及 20 天及 50 天線，其他線已經相當滯後，而參考 10 天、20 天線及 50 天線前，會先留意是否近期曾經成為支持或阻力，如果是，則平均線更有意義。

　　坊間另一種用法，是當較短期的平均線升穿較長期的平均線（黃金交叉），視為向好訊號，或較短期的平均線跌穿較長期的平均線（死亡交叉），視之向淡。例如其中一個判斷牛熊市的指標，便是當 50 天線升穿 200 天或 250 天線時，是熊轉牛，50 天線跌穿 200 天或 250 天線，即牛轉熊。不過，正如剛才所言，較長期的線已經滯後，例如 50 天線升穿 250 天線時，早已錄得不少升幅，參考意義不大，而且不時出現假訊號。

實例：

移動平均線

保力加通道（BOL）

　　保力加通道由平均線、通道頂及通道底形成，通道頂是阻力位，計算方法為平均線加兩個標準差；通道底為支持位，計算方法為平均線減去兩個標準差。如果股價波幅愈大，股價標準差便會愈高，因此通道頂至通道底的距離便會更大。

　　保力加通道相當簡單，當股價位於通道之間時，以上方的線（中軸或通道頂）為阻力位，而下方的線（中軸或通道底）為支持，而通道頂及通道底的阻力及支持最強，中軸則一般。當然，不時會出現升穿通道頂但未升完、跌穿通道底仍跌的情況，不過在此時止賺或止蝕，仍是贏多輸少。

　　保力加通道的最大問題，是在整固期間無法預示向上還是向下的機會較大，不過，筆者認為平時炒上落，還是有很大的實戰價值，至少可以提醒大跌前出貨，賺少好過輸凸。

相對強弱指數（RSI）

　　筆者甚少自行計算相對強弱指數 (RSI)，不過在此也提及一下：RSI 用升市收市價的平均升幅，除以跌市收市價的平均跌幅，用以計算股價的上升比率及下跌比率。最常用 RSI 是 14 天，而 9 天亦相當普遍，筆者一般以前者作參考。RSI 理論上最低 0，最高 100，但基本沒有機會看到 0 與 100。

　　一般來說，分析以 30 為超賣，70 為超買，不過，強勢股如騰訊（00700），往往超買再超買，弱勢股如近年的思捷（00330），

卻可能超賣再超賣，因此，與其簡單用 30 與 70 為分界線，不如用 RSI 與股價走勢是否背馳作為指標，例如股價急升時，RSI 卻未見向上，甚至慢慢回落，則見頂機會甚大。

實例：

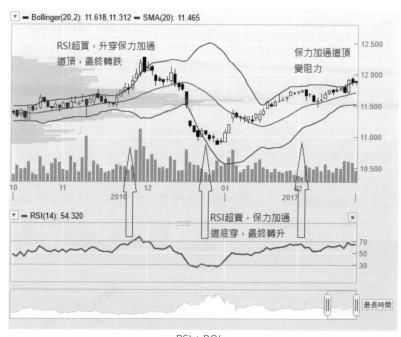

RSI + BOL

波浪形態是甚麼？

　　波浪理論是艾略特（R.E. Elliot）發明的一種技術分析工具，因此又稱艾略特波浪。波浪理論與技術分析相似，同樣透過圖表的過去形態，推測未來的走勢，不過，可能因為波浪理論深奧，到現在都難以有一家之言能仍成為代表，每個人心入面都有一套波浪理論，簡單來說，就是主觀的判斷，很大程度確定波浪理論。

　　筆者並非數浪專家，更非甚麼「波浪大師」，在此分享一些波浪理論的基本功，期待有一天有位讀者能學習通透，讓我拜他為師。

　　根據波浪理論，股價不會一條線直上或直落，而是像大海的波浪一樣，有浪起浪落，周而復始。股價的波浪，都是由 8 個浪組成，5 上 3 落。

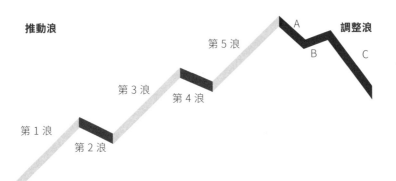

第 1 浪

跌市後的轉勢，可以說是最難估中的的其中一個階段。由於好友剛剛發力，淡友力度仍強，資金對升勢存有不少疑問，因此第 1 浪並不會急速上升，一般來說，第 1 浪通常最短，不過由於低位買入，盈利相當不錯。

第 2 浪

第 1 浪升勢後的整固，這個階段是相當大的陷阱，因為不少人會認為熊市跌勢未完。第 2 浪可以近乎回吐所有升幅，不過，第 2 浪不可以跌穿第 1 浪的底部，否則第 2 浪實際上是第 1 浪的前夕。一般來說，要確認第 2 浪，最好有一個中長期的轉勢形態，包括頭肩底、周線的早晨之星等。

第 3 浪

這是筆者最喜歡，也是較容易掌握的，爆發力最大，一般來說，第 3 浪持續時間最長，有更多時間進行部署，因此不怕錯失機會。第 3 浪不單要價格上升，成交同樣要配合，才有力延續。第 3 浪往往出現中長線突破的圖表形態，例如突破雙頂、月線圖突破降軌等，突破的阻力必須包括第 1 浪的高位，才能形成浪高於浪的形態。

第 4 浪

屬於急升後的調整，是最後的「入市位」，第 4 浪不能跌低於第 1 浪的高位，沒有太多特別的形態，但一般來說調整期的成交不會明顯增加。

第 5 浪

雖然是最後一升浪，但不一定是最強的浪，最大的特徵是細價股、殼股、新股瘋狂炒上，皆因中型及大型股份早已炒起，大家炒無可炒，垃圾都不放過，這個階段人人都是股神，周街都討論每日從股市賺幾多。

第 1 至 5 浪是主升浪，而第 A 浪到第 C 浪就是主跌浪。在 A 浪中，與第 1 浪相似，市場認為升勢未完，跌勢只是「牛市調整」，因此忽略了各種因素，例如周街股神、成交率先減弱等。由於 A 浪仍有不少人接貨，因此跌勢並不急。

要識別 B 浪的反彈是熊市反彈還是牛市整固完畢，並不容易。要確認 B 浪，成交不能太高，否則便會突破 A 浪的高位，則不是 A 至 C 浪。這個時間是好友的逃生門，不過亦有不少散戶錯過第 1 至 5 浪升勢後，認為牛市反彈持續，因此在 B 浪吸貨，成功接火棒。

C 浪是最強的一段下跌，跌幅大且出現日日跌的情況，持續時間甚長，若大家發現身邊還有一定人入市博彈，則未必見底，要跌到大家都出現恐慌，基本或技術分析都令好友「生無可戀」，才是 C 浪完結的先兆。

　　波浪理論重視時間點，除了第 1 至 5 浪頂浪高於浪、A 至 C 浪要浪低於浪的要求外，對幅度沒有太多限制。筆者細看不少波浪研究，大都會採用黃金分割的方式去計算升幅或跌幅目標，筆者認為屬於不錯的選擇。

第 5 浪

A

B

C

第 4 浪

第 3 浪

第 2 浪

推動浪

調整浪

第 1 浪

如何運用黃金分割？

　　黃金分割源自「神奇數字」，在藝術、建築學上都有涉及，神奇數字系列由 1、1、2、3、5、8、13、21、34、55、89、144、233、377、610、987 組成，簡單來說，就是是由 1 開始，1 加 1 等於 2，2 加 1 等於 3，3 加 2 等於 5，5 加 3 等於 8，數字無窮無盡。

　　市場上普遍使用的黃金比率為 0.382 及 0.618，就 0.382 由一個神奇數字，除以之後的第二個神奇數字，所得的結果會愈來愈接近 0.382；0.618 則由 2 開始任何一個神奇數字，除以其後的第一個神奇數字，所得的結果將貼近 0.618。

　　再把兩個數字各種乘除加減，還會得到下列兩組合，形成黃金分割的組成數字：

　　(1) 0.191、0.382、0.5、0.618、0.809

　　(2) 1、1.382、1.5、1.678、2、2.382、2.618

　　運用黃金分割其實很簡單，把觀察時間內，股價的最高點或最低點開始計算。假設股價從高位急跌後反彈，便開以低位股價為

基數,然後向高位計算,距離便是最大跌幅。把最大跌幅以上述第一組的黃金比率 0.191、0.382、0.5、0.618、0.809 分割,便可以畫出一系列潛在的反彈目標。當然,如果股價突破之前的最高位,便運用第二組黃金比率 1、1.382、1.5、1.678、2、2.382、2.618 計算上升目標。

同樣道理,假如股價從低位上升,然後中間調整,調整的目標便是高低位最大升幅的 0.191、0.382、0.5、0.618、0.809。

筆者最常用到的黃金分割數字,包括 0.382、0.5 及 0.618。配合市場氣氛、技術走勢、成交及基本因素等分析,便可以決定那一個黃金數字,最接近股價未來的走勢。

實例:

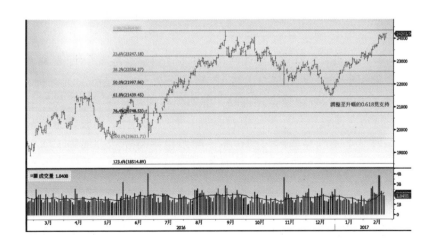

好淡的技術形態
只有一線之差？

　　不少朋友運用技術分析，最大的難題是如何從一個客觀的形態，推演未來的走勢。例如大家看到股價跌至雙頂頸線，大家會認為頸線有支持，還是跌穿頸線後跌勢持續？如果股票裂口上升，到底是反映好友佔盡上風，還是好友最後一擊？實際上，不少時候出現技術走勢的突破，卻發現是「假突破」，結果轉瞬間再次走勢逆轉。

　　雖然說技術分析的假設是股價已反映所有的消息，然而大家卻無法真正做到完全「理智」，例如持股就傾向看好，無股在手就傾向看淡。面對好淡之間的難題，大家可以考慮幾個方法。

　　第一招是交叉確認，把各種資產市場，包括股票、債券、利率、外匯、油價、金價等的技術走勢，同時看一次。以上述的情況為例，滙豐（00005）跌至雙頂頸線時，假如英鎊同時報跌，甚至失守主要支持位，滙豐便有較大的機會向下。當然，相比只看股票走勢，全市場交叉確認需要的時間更多，問題是花時間減少損失，勝過把時間花在為損失而傷心。至於國際油價與航空股、波羅的海指數及航運股等，更是關係更密切、參考價值更高的比較對象。

　　第二招是看同行。如果看滙豐的股價，不妨同時看渣打（02888），假如消息層面上兩者沒有太多差距，渣打股價對滙豐

走勢同樣值得參考，至少可以看到市場對國際銀行股這個板塊的態度，如果渣打股價走強，或從低位開始反彈，便不太需要擔心滙豐跌穿雙頂頸線後持續下跌。當然，如果渣打業績理想而滙豐業績麻麻，便不可以盲目比較。很多朋友只看港股，看 A 股的人不多，研究美股的人更少，然而，美國同業的股價走勢，對香港股票特別是能吸引外資買入的股份，亦有不少啟迪作用。最明顯的例子，就是騰訊（00700）與美國科網股兩者股價的關連。

　　第三就是看消息面。其實這與第一招及第二招的出發點差不多，都是從宏觀角度看整體的資產市場，不過能更有效地找到市場的氣氛。簡單來說，就是看市場到底是「好消息出貨」、「壞消息入貨」、「好消息入貨」還是「壞消息出貨」。例如英國脫歐，恒指單日跌近千點，不過其後跌幅收窄，且之後幾日都逐步見資金吸貨，這就是「壞消息入貨」，這代表市場並非太淡，因此如果面對支持位，技術分析就可以傾向支持位入貨多於追沽了。

　　以上三招說來簡單，執行起來並不容易，是否成功就要看大家的功力，因此，技術分析還是需要投資者在股市浸淫一段時間，才能發揮應有的功用。

技術分析可以
一招用到老？

其實，技術分析各種工具出現已久，如果有一種的準確度明顯高於其他，那麼其他技術分析工具應早已被淘汰。因此，大家看到現時技術分析仍是五花八門，就知道沒有一種技術分析可以一招用到老。

筆者很難解釋甚麼時候用甚麼指標，最開始是深信圖表分析，然後又喜歡技術指標，最後回歸基本分析與技術分析並用，近日又研究趨勢分析。筆者只能總結，投資市場日新月異，如果抱著懶洋洋的心態，不論你是基本分析還是技術分析，都會被淘汰。只有一直在市場上努力，才有可能捉到市場的觸覺，而這比用甚麼技術分析工具，可能對投資表現更有幫助。

因此，筆者強烈建議大家用多種技術指標，交叉確認各類市場，一可以更加確認自己的判斷，二是可以不時練習摸索技術指標，觀察其是否最合適自己的工具。「一萬小時法則」，放在技術分析也是適用。

1 交易
心理　2 基本
分析　3 技術
分析　4 價量
玄機　5 選股
策略　6 事件
驅動　7 拆局
思維　8 沽空
技巧　　107

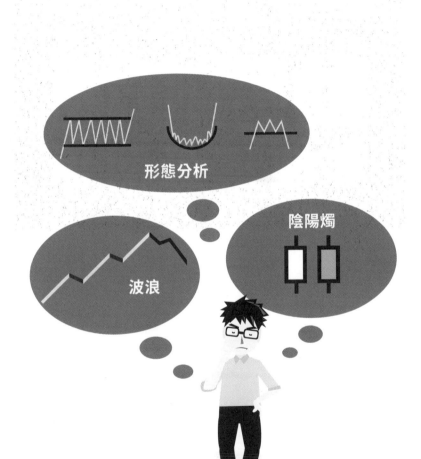

動態市場

掌握價量關係

甚麼是成交量、買盤和賣盤？

成交金額、換手率、委比，有何用途？

成交量對投資分析重要嗎？

成交量有多少種形態？

成交量在牛熊市表現有何分別？

成交量與股價有何關係？

價量分析有絕對公式嗎？

如何應用成交量平衡指數（OBV）？

甚麼是成交量、買盤和賣盤？

　　成交量是指在一個時間單位內，某隻股票交易成功的數量（包括：成交股數、成交金額或換手率等），屬於供求表現的一種。當該股票出現供不應求時，投資者紛紛爭買，成交量自然會增加；反之，當該股票供大於求時，市場氣氛偏淡，成交量必然會萎縮。

　　成交量是判斷股票走勢的重要因素，可發現市場上不同投資者，如大戶、外資機構及散戶的買賣動向，在分析價量關係時，有助預測股價走勢。一般而言，當價格上升且伴隨大成交量時，市場趨勢向好；而成交量持續低迷的情況，一般會在熊市或股價的盤整階段出現，此時市場交投淡靜。

買盤 VS 賣盤

　　說到成交，就一定有買方及賣方的存在，當中買進成交的申報稱為「買盤」（Bid），而賣出成交的申報稱為「賣盤」（Ask）。透過買盤、賣盤數量的大小和比例，結合股價在高、中、低價位的成交情況及總成交量，都有助了解好淡雙方的角力形勢，甚至發現大戶的操盤伎倆。但要注意的是，買盤多，股價不一定會升；賣盤多，股價亦不一定會下跌，以下是一些需留意的地方：

1. 當股價上升了一段長時間並處於較高的價位，成交量巨大且不能再繼續增加時；如果當日賣盤數量大於買盤數量，股價將會下跌。

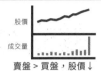

股價

成交量

賣盤＞買盤，股價↓

2. 當股價經過長時間的震盪式下跌後，處於較低的價位，成交量極度萎縮，其後成交量溫和放量；如果當日買盤數量大於賣盤數量，股價將會上升。

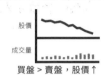

股價

成交量

買盤＞賣盤，股價↑

3. 當股價上升了較大漲幅後，某日買盤大量增加，但股價卻沒跟隨上升，有可能是大戶製造假象，準備出貨。

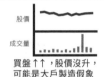

股價

成交量

買盤↑↑，股價沒升，可能是大戶製造假象

4. 當股價下跌了較大跌幅後，某日賣盤大量增加，但股價卻沒跟隨下跌，有可能是大戶製造假象，壓價震倉。

股價

成交量

賣盤↑↑，股價沒跌，可能是大戶製造假象

5. 在股價上升的過程中，出現賣盤多、買盤小，不代表股價一定會下跌。因為大戶只要將幾筆買單的股價拉升至一個相對高位，再自己買自己的賣單，然後待股價小跌後，誘使投資者以為會續跌，於是紛紛出貨，而大戶即可接貨，為日後的拉升搜集足夠的籌碼。

股價

成交量

賣盤↑，買盤↓，股價不一定會下跌，可能是大戶自製拉升小跌，誘使投資者出貨

6. 在股價下跌的過程中，出現買盤多、賣盤小，不代表股價一定會反彈。因為大戶只要將幾筆賣單的股價壓低至一個相對低位，自己買自己的賣單，然後待股價回升少許後，投資者以為大戶吸貨，於是紛紛買入，結果又中伏了。

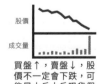

股價

成交量

買盤↑，賣盤↓，股價不一定會下跌，可能是大戶大戶吸貨假象，誘使投資者買入

成交金額、換手率、委比，有何用途？

　　成交量的大小，直接顯示出市場對某技術形態的認可程度，除可留意個股的資金流向及成交記錄外，亦可透過成交股數、成交金額及換手率等成交量指標，確認技術形態的真偽，以免墮進大戶設置的走勢陷阱！

成交量指標	說明
1. 成交股數	主要用來對個股成交量作縱向比較，一般以「手」作單位，但每隻股票對「每手」的定義都不同，有些是「每手 100 股」，有些是「每手 2000 股」，由於不同股票的流通盤大小不一，因此難以單靠成交股數去比較不同股票的活躍程度。
2. 成交金額	可直接反映參與市場的資金量，由於排除了各種個股價格不同的干擾，所以通常用於分析股票指數（如恒指）。對個股而言，透過成交金額，將更易於觀察大戶資金進出的情況。
3. 換手率	在一定時間內，股票在市場轉手買賣的頻率。換手率愈高，意味該股的交易愈活躍，屬於熱門股；反之，換手率愈低，代表該股愈少受關注，屬於冷門股。

4. 量比	這是當日開市後每分鐘成交量，與過去 5 個交易日每分鐘平均成交量之比，主要用來衡量相對成交量，是分析股價短期趨勢的重要指標。如果量比大於 1 且愈來愈大時，代表現時成交總手數正在放大；如果小於 1 且愈來愈小時，代表現時成交總手數正在萎縮。
5. 委比	委比是衡量一段時間內市場買賣強弱的技術指標，公式如下： $$委比 = \frac{(委買手數 - 委賣手數)}{(委買手數 + 委賣手數)} \times 100\%$$ **委買手數：**比市價低的價格委託買入，正在排隊等候成交。 **委賣手數：**比市價高的價格委託賣出，正在排隊等候成交。 委比若為正數，表示買盤強勁，場內好友比較強勢，數值愈大，買盤愈強；反之，委比若為負數，表示賣盤強勁，場內淡友比較強勢，數值愈大，賣盤愈強。

成交量對投資分析 重要嗎？

股價對投資者來說相當重要，見到股價高開低收，總認為是壞消息，於是開始擔心；當股價高見 52 周新高，就覺得是好消息，考慮應否追貨買入……

事實上，某一天或一周的收盤價只能告訴你發生了甚麼事，卻無法告訴你為甚麼會發生，以及事件是如何發生……股神巴菲特（Warren Buffett）的啟蒙老師格雷厄姆（Benjamin Graham）認為：「市場就是一部投票機，而成交量就是投票箱。」分析成交量，不但揭示出股價供求背後的力量，更帶來以下的好處：

1. 驗證價格的有效性

愈多人參與價格的形成過程，價格的有效性將會得到愈好的印證，正如在「Yahoo! 拍賣場」拍賣某貨品，當某價格已達成了過千件成交，將有助你合理判斷該貨品的市場價值。

2. 顯示消息的重要性

市場的消息不絕於耳，是好是壞不易判斷，但從成交量的變化，可看出當某消息發布時，市場投資者的反應是如何。當成交量

大幅上升，代表市場對該消息比較看重，值得再留意跟進；如果成交量沒有多大改變，則該消息對市場重要性不大或早已被消化。

3. 反映市場氣氛

　　無論是買入或是賣出，成交量都直接表現出投資者對市場的興趣和熱情，如果交投淡靜，代表投資者認為市場沒有獲利的機會，寧願手持現金留在場外，這都是判斷入市與否的好指標。

4. 提供流動性

　　高成交量意味高流動性，代表投資者可以一個合理價將剛買入的股票立刻賣出，這對短線投資或急於套現的投資者來說，都是非常重要。

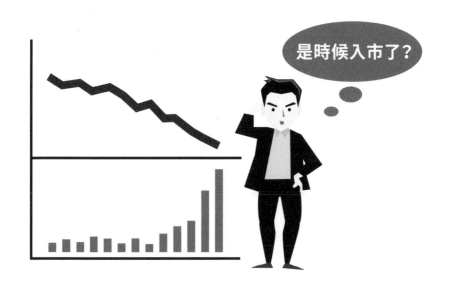

5. 有助揭示真相

如果說股價是表面證供，那麼成交量就是證供的真實度。透過網上的免費股票分析軟件（如 aastock、etnet），可了解成交個股的成交記錄和資金動向，當大型機構投資者或大戶介入時，往往會出現明顯的成交量大增跡象（即使股價只是窄幅波動）；雖然大戶在建倉或出貨時不想引起公眾注意，但投資者只要細心分析，成交量仍會揭示出大戶的手影。

6. 可衡量支持及阻力位

價量分析中，成交量被認為是驅動市場的力量，而在技術分析或圖表形態的應用上，都會出現支持及阻力位的提示。支持位是買方大量入場（高成交量）的價位，當股價跌至支持區域附近時，買方就會大量入場，認為股價在此水平是被低估，於是以行動支持，結果不自覺地「支撐」了股價，讓股價再度回升。反之，阻力位是賣方大量入場的價位，當股價跌至阻力區域附近時，賣方就會大量入場，認為股價在此水平是被高估，於是紛紛拋售以「抵制」股價上揚，令股價再次回落。

透過股價的歷史走勢，可發現哪些價位是重要的支持及阻力位，這將有助判斷買賣點的位置。

成交量有多少種形態？

與技術分析中的圖表形態一樣，成交量亦有多種形態反映出市場好淡的角力情況，主要形態有「放量」、「縮量」、「持續溫和放量」、「突放巨量」和「堆量」5 種：

1. 放量

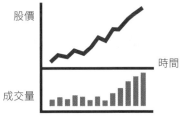

這是指成交量比前一段時間明顯放大，比較的時間段可以是，今天與昨天比、本周與上周比。放量背後的意義，是有一部分人堅決看淡後市，於是紛紛拋售出貨，同時另一部分人堅決看好後市，於是大手吸納。放量現象多數出現在股價的盤整階段，並伴隨著股價短暫上漲的走勢出現。

不過，放量的真實性並不算十分可靠，因為這種程度的成交量絕對可以由大戶自買自賣「創造」出來，投資者應結合不同技術指標作深入分析，否則容易誤踏大戶的圈套。

2. 縮量

這是指成交量比前一段時間有明顯縮減的現象，代表市場人士對後市走勢意見相對一致，交投極為冷淡。縮量的情況主要有兩種：

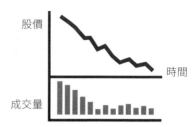

➩ **投資者一致看淡後市**：只有人賣，沒有人買，造成成交量不斷萎縮。由於股價上漲的動能減弱，因此股價往後時間或出現大跌，這在熊市的中後期十分常見。投資者這時候應堅決出貨，待縮量至一定程度後，股價開始上升並配合放量時再買入。

➩ **投資者一致看好後市**：只有人買，沒有人賣，都會造成成交量不斷萎縮。這種情況主要在短期爆發的題材股或消息股身上發生，投資者應盡快買入，待股價上衝乏力，並開始出現巨量成交（大戶出貨）先賣出。

3. 持續溫和放量

當股價經過一段長時間的低迷後，突現出現「山型」的持續溫和放量，表示該股出現具實力的資金介入，並不斷推高股價，期間會出現量縮，股價會有適量調整，但一段時間後股價上漲的幅度會加快。

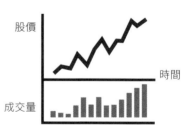

大戶為免被市場發現他們正在建倉，於是刻意調控吸籌進程，將股價和成交量限制在一個溫和的變化水平。要注意的是，股價調

整期間不可低於放量前期的低點，因為這是大戶建倉的成本區；萬一跌穿，則代表市場沽壓很大，後市調整的時間會延長很多。

4. 突放巨量

突然出現的巨量成交，通常於股價上漲或下跌的末期出現，主要有兩種情況：

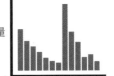

⇨ **上漲期間出現突放巨量**，多數是好友的最後一擊，代表好友的力量已經耗盡，後市見頂的機會極大。

⇨ **下跌期間出現突放巨量**，多數是淡友的最後一擊，見底可期，後市將很可能出現短期反彈。

5. 堆量

所謂「堆量」，是指在幾日或幾周內，成交量慢慢放大，股價亦愈升愈高，使成交量形成類似土堆的形態，貌似上漲氣氛濃厚。不過，這往往都是大戶拉升股價所製造出來的假象，由其當股價升到高位時，大戶隨時準備出貨，投資者如發現堆量太高，應及早離場，切勿貪心累事。

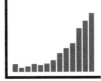

除了以上形態外，成交量亦會出現「圓底」和「圓頂」的形態；如果股價和成交量同時出現圓底情況，後市上升的機會亦很高。

成交量與股價有何關係？

　　物理學上，「牛頓第二運動定律」指出一個物體的質量、加速度和所受作用力三者之間的關係，公式為：$F = M \times A$，即作用力等如質量乘以加速度。如把這概念應用在股市上，就好比需要多少成交量（作用力），才能將某隻股票的價格（物體質量）推動，即價格的變化（加速度）；而成交量與價格變化，很多時候都是正比的關係（但不是必然）。透過以上論點，我們可以從各種成交量與股價的表象，推斷出後市的走勢，以下是常見的量價現象，而現象發生的位置不同，結果亦會不同：

情況	說明
1. 量增價升	當股價經過一段時間的下跌或底部盤整後，市場逐漸出現利好因素，交投氣氛轉旺，帶動股價及成交量同步上升，對後市進一步上揚帶來實質的支持。
2. 量增價跌	這現象多數在股價長期上漲後出現，由於經歷了大幅度的上漲，大戶都已獲得豐厚的獲利籌碼，於是趁機在高價出貨套現；同時散戶眼見升勢開始乏力，於是亦紛紛拋售，所以是常見的賣出訊號。 個股的反彈過程亦會出現量增價跌的情況，由於在前期階段是套牢區，於是很多人會趁反彈期間解套，令股價反彈乏力，更快回落。

3. 量增價平　在成交量增加的情況下，股價幾乎在某水平窄幅波動，這情況在股價上升或下跌的過程都會發生。如果股價處於相對高位，代表大戶已開始出貨，股價隨時反轉，是賣出的訊號；如果股價在一輪下跌後處於相對低位，則可能是大戶打壓建倉的表現。

4. 量縮價升　如果在長期下跌後出現量縮價升，代表反彈沒有市場的一致認可，反彈力度有限。

如果在股價上升中途出現量縮價升，若不是極度萎縮的話，很可能是大戶準備鎖定籌碼，準備拉升，後市依然看好。

5. 量縮價跌　當股價下跌期間出現量縮價跌時，說明很少資金流入炒底，市場對後市仍不抱有信心，股價續跌機會仍大。

若果在股價上升時出現量縮價跌，可能預示上漲動能下滑，股價將出現下調。

成交量在牛熊市
表現有何分別？

　　由於成交量可反映市場的人氣程度，交投愈活躍，代表市場氣氛熱烈；交投愈淡靜，代表投資者對現況缺乏興趣，買賣意欲薄弱，市場氣氛審慎。以下提供一些牛市、熊市及波動市的看法，讓大家從成交量的表現判斷市況，衡量出入市的決定：

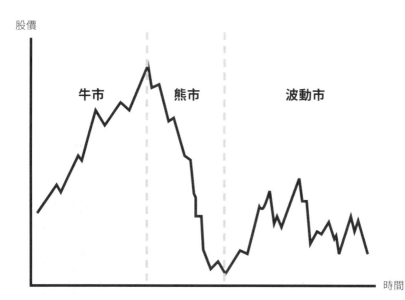

市況	說明
牛市	股價通常會持續地創出新高，成交量也會不斷增加，但過程中總會出現技術性回調，期間的成交量會明顯縮減。回調過後，股價會進一步放量上升，呈現出一浪高於一浪的氣勢。投資者在牛市期間，最好趁回調階段趁低吸納。
熊市	由於投資者普遍看淡後市，股價通常會不斷地創新低，而且市場賣盤多，買盤少，成交量會不斷縮減。下跌期間，股價會出現技術性反彈，成交量通常會相應地放大，但股價很快就會回落。未入市的投資者建議觀望為宜，小心在反彈期間入市而被套牢。
波動市	股價會在一段區間內反覆震盪，反映好淡勢力相若，後市去向未明，於是出現價格的拉鋸。股價震盪期間，成交量時大時小，具體而言，當股價向上時，成交量放大；股價向下時，成交量縮小。短線投資者可於波動市中高拋低吸，又或趁股價突破區期時入市。

價量分析有絕對公式嗎？

　　剛才已介紹了不少典型價量分析的情況，成交量能提供真實的數字，描繪市場買賣的實況，理應是不會「說謊」，例如股價上升配合成交量放大，上升勢頭明顯；又或成交量出現萎縮，走勢隨時會出現逆轉等。但畢竟市場千變萬化，實戰操作時，如果單靠以上理論作買賣的依歸，仍會經常出現誤判的情況。歸根究柢，並非理論有錯，而是未有全面了解價量分析的不同細節，而錯套了招式。以下列舉三項關於成交量的常見誤解，以作參考：

1. 股價突破橫行時，必須放量配合？

　　傳統技術分析認為，當股價經過一段長時間的橫行整理階段後，股價向上突破時必須配以大成交量，才算是有效突破，於是很多投資者都會以突破是否配合放量作為買入的根據。但事實卻是，即使配合放量突破，股價都未必會持續上升；有時以低額成交突破，股價卻節節上揚……究竟原因何在？

　　如果這是細價股，當股價經過一段長時間的橫行，大戶往往已收集好足夠多的籌碼，要突破橫行區，拉升股價，只需要少量成交量即可，沒有放量的必要。相反地，如果股價沒有處於相對的低位，放量的向上突破就可能是大戶故意製造的假象，誘使散戶接貨，結果放量突破後，可能是股價調整的開始。

當細價股股價經過一段長時間的橫行 ......

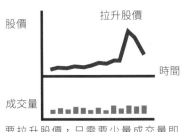

要拉升股價,只需要少量成交量即可,沒有放量的必要。

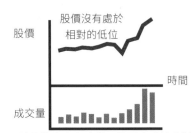

放量的向上突破就可能是大戶故意製造的假象,誘使散戶接貨。

接貨啦你哋!

散戶

大戶

2. 股價上升時,必須放量配合?

　　成交量放大的主因是甚麼?就是市場買賣雙方的分歧嚴重,方向沒有達成一致,有很多人急於拋售,同時有另一班人急於買進;如果市場的方向一致,即同樣看好或看淡的話,成交量必然是無法放大的!試想,如果我和你都看好後市的話,你又會否以現價放出手上將會大漲的股票呢?所以我即使急於買進,但你就堅決不賣(除非我拉高買盤至你合意的價位),結果仍是無法成交,成交量自然不會放大了。

市場買賣雙方分歧嚴重

看淡散戶　　　**看好散戶**

看淡的人急於拋售，看好的人急於買進，造成成交量放大。

　　另一種情況是，如果該股票是被大戶高度控盤的話，在拉升股價的過程中，大戶根本毋須大量拋盤即可舞動股價，結果就不需要「自製」接盤，股價上漲期間自然不會放量。

　　從以上兩個情況看到，毋須大成交量的配合，股價仍能持續上升。

大戶高度控盤

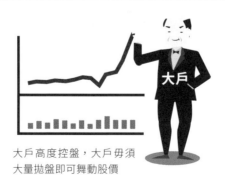

大戶高度控盤，大戶毋須
大量拋盤即可舞動股價

3. 下跌時出現縮量，預示見底？

不少人認為，股價在下跌通道期間，成交量開始縮減，表示淡友的勢力開始衰弱，所以認為是見底的訊號，於是毅然入市。結果股價不單沒有反彈，反而繼續下跌，結果愈套愈深。

這種見底的推斷並非有錯，卻忽略了其他可能性。例如，當該股基本面情況很差時，絕大多數投資者是一致地不看好該股，所以即使賣盤很多，亦不會有人提供買盤接貨，成交量自然會縮減，股價當然亦未有見底，反而是低處未算低。

從另一角度看，除非街外已沒有太多的籌碼在散戶手中，否則股價若見底的話，通常會有好友大量接盤收集，成交量必然拉高。

由此可見，價量分析是沒有絕對公式，同一種現象的出現，可能源自不同個股的背景及市況。投資者必須了解，放量是有「市場行為」和「非市場行為」之分。由「市場行為」帶動的放量，是真正由好淡雙方對後市的分歧，而造成的高額成交量；而「非市場行為」的放量，則是大戶以自買自賣的形式，「自製」成交量放大的現象，創造出「交投活躍」的市場氣氛。從另一角度看，縮量往往無法被大戶「做假」，因此投資者應重點於縮量處分析（例如思考縮量的原因，究竟是買盤少？還是賣盤少？），才可對後市作更真實的判斷。

一本通書不能讀到老，投資者必須活用價量分析，同時配合基本分析及技術指標等配套，才能對個股的內涵有更深入的掌握，從而作出更準確的判斷。

如何應用成交量平衡指數（OBV）？

美國股市分析家葛蘭碧（Joe Granville）於 1981 年設計了一種技術指標，名為「成交量平衡指數」（On Balance Volume, OBV），進一步將價量分析系統化。OBV 的原理是將成交量製成趨勢線，然後以股價趨勢作比較，反映出市場人氣的盛衰，從以預測股價的波動方向。OBV 的設定及計算公式如下：

當日 OBV = 昨日 OBV + sgn X 當日成交量

1. 如當日收市價高於昨日收市價，設定當日成交量為「正數」，即 sgn 為 +1

2. 如當日收市價低於昨日收市價，設定當日成交量為「負數」，即 sgn 為 -1

OBV 指標（資料來源：etnet）

OBV 指標的正負方向，可反映市場資金對持倉興趣的增減，以下是一些實戰的基本用法：

1. 股價上升，OBV 同步上升時，表示後市看好。

2. 股價下跌，OBV 同步下跌或橫行時，表示後市看淡。

3. 股價上升而 OBV 下跌時，表示升勢動能減弱，股價可能將出現回調。

4. 股價下跌而 OBV 上升時，表示好友氣勢轉旺，股價隨時反彈回升。

5. OBV 暴升，無論股價是升或跌，都表示動能將耗盡，股價將會反轉。

6. OBV 橫行了一段時間，表示市場對持倉興趣不大，個股正在調整階段，投資者不宜參與。

發現機遇
行業選股策略

銀行股分析不看 PE？

保險股主要看 EV？

券商股跟大市成交？

科網股還值得投資嗎？

醫療股受惠人口老化？

收息股板塊有甚麼選擇？

濠賭股高峰期過去嗎？

地產股是跟樓價走嗎？

資源股有些跟經濟走，有些不是？

我需要學會分析所有行業嗎？

銀行股分析不看 PE ？

　　銀行股的客戶存款是負債（即銀行向我們借錢），客戶的貸款是資產（銀行向個人及公司的貸款），而銀行的重要收入來源就是息差，大致上是即貸款利率（收入）與存款利率（成本）的分別。

　　提及息差，有淨利息收益率（Net Interest Margin）及淨息差（Net Interest Spread），公式如下：

$$淨利息收益率 = \frac{淨利息收入}{存款平均數}$$

$$淨息差 = \frac{利息收入}{平均貸款} - \frac{利息支出}{（平均存款 + 平均借貸資金）}$$

　　筆者較多時間運用淨利息收益率，因此這可以看到銀行如何運用存款製造收入，與庫存周轉率的概念差不多。

　　除了息差外，銀行股還要留意壞賬率（借款人可能不還錢或確認不還錢的比例）及股本回報率（ROE）。各個地方銀行的研究都有一定分別，一般來說，本地銀行如恒生（00011）及國際銀行滙豐（00005），需要看美國聯儲局制定的利率，而內銀股自然是看中國人行的利率。此外，銀行息差往往由當地中央銀行的加息而擴

大，因此加息往往利好銀行股。

另外，由於過去地方債的憂慮，因此內銀股壞賬問題較國際銀行或香港本地銀行股都更重要。分析銀行貸款的壞賬問題，可以看不良貸款比率、撥備比率及撥備覆蓋率

$$不良貸款比率 = \frac{不良貸款額}{貸款總額} \times 100\%$$

$$撥備比率 = \frac{貸款減值準備額}{貸款總額} \times 100\%$$

$$撥備覆蓋率 = \frac{貸款減值準備額}{不良貸款額} \times 100\%$$

要比較不同的銀行股，ROE 及市賬率（PB）是較佳的選擇。至於一般常用的市盈率（PE），由於銀行可以透過高風險貸款加大短期的盈利，難以真實反映銀行的業務狀況，因此 PE 並不適用於銀行股。

保險股主要看 EV ？

　　保險大致分為財險及壽險，香港上市的大型保險公司，基本都以壽險為主。財險就是財產保險，要找財險股，就要找內地的保險公司，如中國財險（02328）。基本上，內地大部分財險都是汽車保險，因此與汽車銷售的表現息息相關。

　　至於壽險就是關於投保人生命或健康的保險，由於壽險涉及保費、死亡率等計算，因此要用內涵價值（EV）計算其業務價值，而比較不同的保險股，就可以用 P/EV 的比率評估。

　　此外，保險同樣會運用資金投資，因此債市及股市的表現，都會影響保險公司的投資收益。由於保險公司不得進行太多高風險投資，因此主要投資在債市，看債市及利率，一定程度就可以分析保險股的投資收益。當然，投資團隊的質素亦有影響。

　　同樣地，國際保險股如友邦（01299），看的是美國息率及相關債市，而內地保險股如平保（02318）及國壽（02628），需要觀察中國息率及股債市場。

券商股跟大市成交？

香港上市的券商股可以分為本地券商及內地券商，本地券商基本以經紀業務為主，即透過處理客戶的交易，從中賺到佣金費用，大市成交愈高，經紀業務收入愈高；內地券商經紀業務固然重要，2015 年「大時代」期間，內地券商股隨著內地成交急升急跌，可見一斑。

不過，同樣要留意內地券商大都有投行業務，簡單來說就是為企業進行融資及上市安排，內地曾一度暫停 IPO，便明顯影響內地券商的投行業務收入。不過，上市多少與大市興旺程度往往成正比，因此亦是看成交即可。

一般來說，大市交投持續旺盛，往往指數同樣向上，皆因成交急增地大跌，只會嚇怕投資者，沒有買家自然沒有賣家，成交最終都會淡靜下來。因此，券商股往往在牛市時領先於大市，而在熊市又會跌得更慘。

與券商道理一樣的，自然是香港唯一的股票交易所——港交所（00388），其股價與大市走勢、成交及新股上市均有關係。

科網股還值得投資嗎？

　　談及科網股，再說現在科網是否有泡沫，已經不合時宜，皆因科網逐步走向我們的現實生活，亦有不少公司已創造盈利。談及科網股，其實分類也十分繁複，有如谷歌（Alphabet，前稱Google）、騰訊（00700）甚麼都做，有社交平台如 Facebook、Snapchat 等，有專攻電商的亞馬遜（Amazon）、阿里巴巴及京東，有做電子支付的 Paypal，有做遊戲的 EA、騰訊、網易，有設計辦公室軟件的 Microsoft、金山軟件（03888）等。

　　筆者認為科網股對散戶來說是相當好的投資——好的意思不是幾時買都賺錢，而是容易看。筆者當時就是意識到 QQ 在內地的普及，曾經在合股前 $40 的成本買入騰訊（即拆股後的 $8）；如果投資遊戲股，可以玩物而不喪志，透過玩遊戲看其口碑。此外，科網股大多是輕資產，看的是玩家反應，要耍蠱惑並不容易。

　　很多科網股未必有盈利，或者 PE 較高，但不代表沒有投資價值。挑選科網股時，與其看財務報表，不如從以下方式挑選：第一，愈大愈好，愈多資金研發，就能更容易推出合適消費者口味的項目，亦容易收購好的項目；第二，看用戶人數，騰訊能長期成為「股王」，皆因坐擁內地龐大的用戶群，而用戶群大小，正是科網公司的最重要資產，既可用於推廣其他業務，又有更多本錢與其他科網企業合作；第三，看網上論壇評價，看用戶對該科網項目的興趣。

要看懂科網業務是旺丁還是旺財，就要追蹤每月活躍用戶（Monthly Active User, MAU）（旺丁），以及每戶每月平均消費（Average Revenue Per User, ARPU）（旺財），最佳的情況自然是 MAU 及 ARPU 一起上揚。如果 ARPU 略跌而 MAU 上升，可能是產品升級令每用戶價值更多，但導致覆蓋的用戶數略減，一般來說，MAU 增加更能看出科網項目的獨特之處，畢竟肯付費才能證明在消費者眼中的價值。

到底科網股現時是否仍有投資價值？筆者建議大家考慮貪舊忘新，皆因新出現的科網公司，很多是盲目燒錢。騰訊、阿里巴巴、百度等，雖然都曾燒錢，但至少較理智。

未來科網的話題，暫時離不開共享經濟（Sharing Economy）平台、虛擬現實（VR）、金融科技（Fintech）、大數據（Big Data）、人工智能（AI）、3D 打印等。筆者建議大家投資科網股，最好走出香港市場，多看看美國科網股，皆因美國是全球科網發展的核心地區，而中國的科網發展並不是不好，然而除了騰訊外，其他如阿里巴巴、百度、網易、京東等均於美國上市，因此看中國科網股，也是看美國股市。

醫療股受惠人口老化？

　　中央的「健康中國2030」規劃，強調要提高國民健康水平、優化健康服務等，加上面對人口老化，已推出治本（降低老年人口比例）的二孩政策，作為治標（應對人口老化問題）的醫療股，自然同樣值得留意。

　　香港股民通常提及的醫療股，一般都是內地醫藥股、醫療設備及醫院股。內地醫藥股及醫療設備有做代理，即在內地賣海外產品，亦有自主研發。要分析內地醫療股，絕對離不開政策分析。

　　內地有所謂醫保目錄，意即納入醫保保障的藥品名單，能入圍者自然有更多購買力（因為醫保能分擔消費成本）。目前醫保目錄的名單，預計將更多納入國產、臨床價值高等藥品。研發能力高的本地藥企（一般來說都是大型企業），以及研發範疇較專門的藥廠將更受惠。

　　政策有另一對內地醫療系統的影響，就是李克強總理所說的「藥價要下來，服務要上去」，服務要上去即醫院服務價格提高空間較藥價高，而醫療設備又較少受藥價政策影響，長遠來說潛力兩者均較醫藥股佳。不過，內地醫院利潤率並不算高，而且各種醫鬧問題（醫生與病人及家屬的衝突），醫院的發展並非一帆風順。另

外，醫院十分講究本地的名聲，以及和當地政府的關係，因此暫時尚未有能獨佔市場的全國性醫院集團。

看醫療股，看政策是最重要因素，其次才是企業的營運數據。不過，藥企造假並非罕見，因此筆者偏好一些上市歷史較長、往績較佳的企業。另外，單是藥企已有不同分類，有的是做治療用藥，有的是保健用途，而他們又可以分上中下游。上游是指製造用藥的原材料，西藥有維生素、青黴素，中藥則是中草藥等，中游是指研發藥物，甚至包括專利藥等，後者的毛利率將遠高於其他成藥，但當然研發開支龐大，需時不短；下游則是分銷業務，可以當作是擔當藥房的角色。

規模愈大的藥企，研發能力更高，或更有能力進行併購，自然可以看高一線。

收息股板塊有甚麼選擇？

　　自從環球央行紛紛放水，息口降至低位，錢放銀行幾乎零息，令市場紛紛追求優質收息股。如何識別好的收息股？首先，不少股票都會派息，但不是穩定地派息，一年高息一年低息，這都不合乎收息股「穩定派息」的特質，而要穩定地派息，自然需要企業業務穩定，因此房地產投資信託（REIT）、公用股等，都是屬於常見的收息股，因為它們的盈利與經濟周期關係不大，最好是享受「可加不可減機制」，派息自然更穩定。筆者如果選收息股，就會至少看5 年的派息記錄，看其是否穩定。

　　另外，派息高與低，往往用周息率計算：

$$周息率 = \frac{去年派息}{現在股價} \times 100\%$$

　　大家可以看到，周息率要上升可以有兩個方法，就是增加派息或股價下跌。前者屬於健康的增長，後者則要小心，皆因股價跌完可以再跌，投資者買入便可能賺息蝕價。大家買股自然希望財富增長，因此派息不但要不跌，最好還要有合適的增長。當然，收息股大都內部增長有限，否則企業會留下資金投資，而非用作派息，部分收息的增長源於收購一些估值較低的業務，因此，收息股的現金流亦非常重要。

暫時來看，筆者認為最佳的收息股是公用股，包括中電控股（00002）、長江基建（01038）等，另外，旗下主要為屋邨商戶的領展（00823），同樣是收息股之選。

濠賭股高峰期過去嗎？

　　前幾年自由行帶旺香港及澳門的經濟，前者主要有金舖、藥房等受惠，而澳門最受惠的自然是濠賭股。「自由行」的香港概念股表現一般，但濠賭股仍然值得看好。

　　看濠賭股，同樣要看清政策。過去幾年，每逢澳門 12 月回歸紀念，濠賭股一般有炒作，皆因憧憬「中央送禮」，而打貪、控制資金外流等，又會降低賭客數量。因此，先看政策後看股，是濠賭股的最佳策略。

　　選股方面，澳門賭博業務有幾家鼎足而立，市佔率升跌自然影響股價；假如公司近期有新賭場開幕或舊賭場裝修完畢，相信會吸引新客，刺激股價向上；此外，不同賭企的中場及貴賓庭業務比例不一，中央打貪後，貴賓庭短期內的增長相當有限，暫以中場的增速領先。

　　一般來說，看濠賭股的估值，很少用到市盈率（PE），皆因企業負債及折舊等較高，而用企業倍數（Enterprise Value）會更能反映估值，企業倍數愈低，代表企業估值較低，即同等條件下更抵買，與 PE 道理一樣。

$$企業倍數 = \frac{EV}{EBITDA}$$

　　濠賭股近年仍能維持不錯的增長,然而賭業總有飽和的一天,現時各間賭企均積極開拓非賭博業務,未來可以預見濠賭股的收入增長更穩定,甚至逐步變成「酒店股」。

澳門博彩監察協調局每月幸運博彩統計資料:
http://www.dicj.gov.mo/web/cn/
information/DadosEstat_mensal/2017/
index.html

地產股是跟樓價走嗎？

香港上市的地產股，大致可分為香港本地地產股及內地地產股（內房股），從業務去細分，又可以分為賣樓（發展商）或租盤（收租股）為主。發展商以住宅為主，而收租的可以分為住宅、寫字樓或商場。樓市愈旺，地產股更受惠，但如果只是住宅價格興旺，那麼商場或寫字樓為主的地產股股價便不會怎麼向上，因此地產股不一定跟著樓價走。

地產股同樣是政策導向的板塊，不論中港兩地，都要看政府的樓市政策，例如香港的辣招、內地調控樓市措施等，都會左右樓市的風向；除了政府政策外，央行的貨幣政策影響息口高低，因此將影響按揭成本及買家入市意欲。內房股要看人行，而香港沒有獨立貨幣政策，一切要看美國聯儲局的息率。

由於地產股持有資產（包括地皮及物業）的價值會隨著樓價變動上落，而企業賣樓收入的入賬時間不一，因此看地產股時，很少直接看純利，而是要分開看「投資物業公平值變動」重估收入及賣樓收入；看資產時，則要用每股淨資產值（Net Asset Value, NAV）：

$$每股淨資產值 = \frac{（總資產 - 總負債）}{發行股數}$$

　　一般地產股股價對 NAV 都有折讓，折讓愈高，代表地產股的估值愈低，更加抵買，不過，當時的市場氣氛、企業手上的物業質素等，都會左右折讓的比率，因此不一定是折讓愈高就愈抵買。

　　另外，香港發展商財務狀況較佳，但內房股的負債水平有高有低，大家看後者時，必須同時注意其負債水平，以及發債的息率，從而判斷該企業的財政健康狀況以及融資成本高低。前幾年有內房因周轉問題而陷入困局，大家要引以為鑑。

　　大家要記得地產股代表的是地產公司，而不是地產市場，地產公司營運出現問題，例如資金周轉不靈、管理層內鬥等，將影響地產股的表現，而非整體地產市場的氣氛。與此同時，地產市場相對股市流動性較低，未必能即時反映所有因素，但股市則每分鐘都是新的時刻。最後，市場給予地產板塊的估值左右股價，例如恒指急跌，難免會影響藍籌地產股，但未必直接拖低樓市。因此，如果純看樓價買地產股，並不能萬試萬靈。舉例說，2017 年樓市破頂，大部分香港本地地產股都未回到 2007 年高位。

看香港樓市，一般看「中原城市領先指數」：
http://www1.centadata.com/cci/cci.htm

看內地樓市，就較常用「搜房網」：
http://fdc.fang.com/data/

資源股有些跟經濟走，有些不是？

　　資源股大致上可分周期性與非周期性，前者包括石油、有色金屬、煤炭等與經濟周期大致同步，而後者如農產品、黃金等則與經濟周期關係不大。如果買資源股，至少要分清跟經濟周期的關係。

　　資源股與大宗商品價格的關係甚高，但與地產股與樓價一樣，資源股與資源價格不一定同步，例如石油股升的背後不一定是因為國際油價升，而是成本控制成功，令盈利穩步增長。

　　與此同時，資源股又要分清到底是上游還是下游，以內地石油股為例，中海油（00883）負責採油，國際油價愈高愈好，中石化（00386）負責煉油，即把原油煉成產品（成品油），油價太高（成本）不太好，中石油（00857）則兩者兼備。同樣地，煤炭股有專做採煤，煤價愈低愈慘、有些兼營發電，發電業務可以對沖煤價下滑風險。分清上下游，就更容易分清楚它們與資源價格關係。

　　同時，即使同為相同資源的板塊，它們產品不同，要看的資源價格亦不一，例如煤炭主要分動力煤及焦煤，前者主要用於煤炭發電，後者用於煉鋼，當鋼鐵需求興旺，焦煤價格上升，但動力煤價格則可能跑輸，主營動力煤的煤炭股便未能完全受惠。

特別要提水泥股，由於水泥運輸成本非常高，因此不會有「西泥東輸」之類的情況出現，內地水泥股要看清營運地區，假設華東水泥升、華南水泥跌，便要選好主營華東地區的水泥股。

另外，大家還要留意資源股生產成本舉足輕重，例如剛才提及鋼鐵生產需要焦煤，假設鋼鐵價格升，但焦炭價格升幅更快，鋼鐵股的業績可能不升反跌。

筆者常用到矩亨網或彭博的商品網站，大家可以作為參考：

能源：
http://www.cnyes.com/futures/energy.aspx?ga=nav

貴金屬：
http://www.cnyes.com/futures/heavymetal.aspx?ga=nav

基本金屬：
http://www.cnyes.com/futures/basicmetal.aspx?ga=nav

彭博：
https://www.bloomberg.com/markets/commodities

我需要學會分析
所有行業嗎？

如果敷衍地回答，筆者自然建議大家學得愈多愈好，但對大部分人來說，投資不應是生活的全部，股票更不應是大家唯一的投資，要有時間研究所有行業，基本上屬不可能的任務，否則基金、分析員的存在價值就更低了。

筆者認為，大家應該因應自己的能力與興趣，選擇一些合適的行業。以筆者為例，在股票投資者的前提是一個喜歡「打機」、「上網」的宅男，因此科網股是筆者花時間最多、資金投入最多的行業；如果本身是做貿易生意，對貿易冷暖有第一手資訊，不妨多留意航運股或出口股。

不論黑貓白貓，捉到老鼠便是好貓。不同行業有不同特色，有防守性、有急速增長、亦有容易炒波幅的，難以一概而論哪個行業最適合，大家最重要是根據自己的特長與興趣，選擇最適合的行業。切記世界上的投資者千千萬萬，要想從中突圍而出賺取高於平均的回報，你自己的投資便要有「過人之處」。

常人不太可能所有行業都研究一番，建議集中留心自己熟悉的行業，而在不同的經濟周期，也可加以留意個別行業，從而考究投資的可行性。

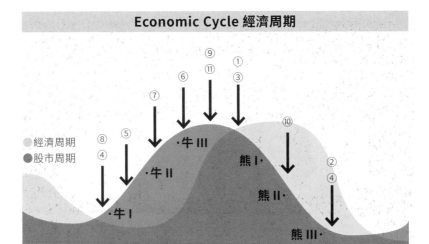

Economic Cycle 經濟周期

● 經濟周期
● 股市周期

Stock Market Cycle 股市周期

①非周期性消費品	⑤科網	⑨能源
②周期性消費品	⑥工業	⑩公用
③醫療	⑦工業原料	⑪貴價金屬
④金融	⑧交通運輸	

　　從以上的周期可見，不同行業在經濟周期的表現不一，如果在每個階段都能掌握至少一至兩個行業，能作出分析並妥善投資，自然能捕捉最大的利潤。不過，根據筆者的經驗，同時看太多行業反而顧此失彼，一般投資者如果不是全職，能同時掌握三至五個行業的走向，再選擇一個「新興」行業，其實已經足夠。

以弱勝強

捕捉事件驅動

甚麼是事件驅動投資法？

抽新股要考慮甚麼？

私有化，值博不值博？

出售資產，會派特別息？

何謂分拆？何謂合併？

怎樣發掘潛在殼股？

甚麼是事件驅動投資法？

　　事件驅動投資法（Event Driven Investing），是一種對沖基金採用的另類投資法，透過分析企業事件，包括分拆合併、出售資產、私有化、併購、要約等，並捕捉當中可能出現的錯價機會來獲利。市場亦有一種說法是，事件驅動投資法是價值投資的一種延伸，畢竟兩者均是捕捉市場錯價，分別在於前者主要發掘價值釋放的催化劑，後者則追求安全邊際。大家不要以為事件驅動投資法為一種新興的投資法，事實上，這種投資方法早在八十年代已被採用，全球現時有數以千計的對沖基金採用事件驅動投資法，發展相當成熟。至於坊間教人炒供股、紅股、仙股、莊家股，這些是炒細價股的手法，並非事件驅動投資法，因此有必要在本文開首作出釐清。

　　事實上，隨著本港市場愈趨成熟，藍籌股亦見不少大型企業動作，例如利豐（00494）分拆利標品牌（00787）、恒安國際（01044）分拆親親食品（01583）、華潤創業（00291）向母公司華潤集團出售非啤酒業務、長和系重組等，這都為投資者創造不少投資機會。其實投資獲利沒有特別要訣，一言以蔽之，就是尋找有價值的資產低買高沽。採用事件驅動投資法，就是判斷企業事件會為公司釋放多少價值，再按值博率高低而下注。

　　當然事件驅動投資法亦有其缺點，就是出手機會不多以及轉身困難，大戶基本上難以建立一個平衡的投資組合，這亦是為何市場上少見大型事件驅動型互惠基金的原因。然而小投資者資本較細，能夠在不影響股價走勢下迅速吸納股份，而且亦毋須按投資章程建立持股極度分散的投資組合，行軍上比大戶更具優勢。歷史多次證明，以弱勝強的關鍵是善用奇謀，事件驅動投資法正是小投資者利用自身優勢擊敗大戶的方法。本章會介紹五種常見的策略供大家參考。

抽新股要考慮甚麼因素？

　　抽新股最為人所知的缺點是冷門股中籤率高、熱門股中籤率低，風險回報不成比例，長線輸多贏少。誠然，新股分配機制並非絕對公平，而且抽新股大多是捕捉上市初期的升幅，本質上有點似接火棒遊戲。不過若果大家長線計準確評估市場參與者對新股的需求，再衡量值博率，運用最大效應策略獲分配新股，並於上市初期沽出獲利，這亦不失為有效的投資策略。

　　既然抽新股的要訣是判斷上市初期的供求關係，以下九大方向相信有助大家從芸芸新股中找出贏家。

1. 業務

抽新股首要任務是了解公司業務，投資者需要對行業概況、公司競爭優勢及風險因素有初步認識。一般而言，投資者較偏好入場門檻高、業務獨特及行業龍頭的新股。

2. 財務狀況

抽新股除了關注純利、負債、現金等項目外，公司財務狀況與業務性質是否吻合也同樣值得注意。由於新股上市前大多會粉飾其財務報表，投資者亦需要了解當中細節跟盈利趨勢是否吻合，例如應收賬款跟純利增幅是否匹配、經營現金流變幅、過往關連交易記錄等。

3. 集資用途

投資者可從集資用途推敲出公司上市的真正目的。新股上市所得款項通常用作收購潛在項目、研發開支、提升產能、拓展銷售網絡、償還銀行貸款、營運資金等用途。然而，若果集資所得大部分用作營運資金或償還股東貸款，投資者宜提高警惕。

4. 上市開支

抽新股亦要留意上市開支金額及入賬時間，這對小型新股的估值有很大影響。舉例說，一隻市值 12 億元新股預測盈利為 1 億元，但一次性上市性開支為 2,000 萬元，核心盈利因此上調至 1.2 億元，預測市盈率將由 12 倍降至 10 倍，估值差異可以相當大。

5. 保薦人

雖然並非萬試萬靈，另一種方向是依靠保薦人來選新股。外資保薦人包括高盛、摩根士丹利、德意志及瑞銀，除了對新股業務、財務狀況及風險因素等資料作出較嚴格審查，而且上市初期會為新股護盤，表現很少差得太過火。

6. 基礎投資者

基礎投資者主要是行業同業、基金及富豪，他們可以優先認購一筆大額股份，但代價是該批股份會設有禁售期，大多數是六個月。一般來說，有外資基金入股做基礎投資者的新股甚具參考性。由於外資基金向來較重視投資回報，而且做基礎投資者設有禁售期，眼光需要放長線，信心不足不會押注做基礎投資者。

7. 認購反應

抽新股是評估供求情況的博奕，投資者應參考財經媒體公布的孖展認購金額、國際配售情況，以估算公開發售認購反應。認購倍數多寡直接影響分配比例，因應認購反應知所進退，才能增加勝算。

8. 流通市值

流通市值是指減去基礎投資者的流通股份總市值。假設其他因素不變，流通市值愈低，上市初段沽售壓力亦愈低。若果同一時間公開發售部分反應熱烈，啟動回撥機制降低國際配售比例，機構投資者上市後追貨壓力將會增加。

9. 估值

　　判斷估值平與貴是一門藝術，當中涉及不少主觀因素，這都需要經驗累積才能準確判斷。不過若果市場上有同類股份的新股，投資者可對比新股及同業的估值，快速判斷新股估值高低。舉例說，若果一隻醫藥股龍頭預測市盈率為 20 倍，而一隻小型醫藥股預測市盈率高達 30 倍，而盈利增速跟龍頭相若，認購這隻小型醫藥股值博率就不高了。這個同業比較估值方法以市場看法為依歸，相信能助大家避開不少陷阱。

　　雖然抽新股有點像鬥傻遊戲，但大家只要從以上九大方向分析資訊、並於形勢有利情況下出擊，長線不難在低風險情況下獲利。

私有化，值博不值博？

　　私有化通常由主要股東提出，以現金或證券方式向其他小股東全數收購持股。若私有化成功，上市公司會從交易所退市。私有化主要透過兩個方式進行，分別是「協議安排」和「要約」，一旦先決條件全部達成，其他股東就能按主要股東提出的作價套現離場。協議安排及要約主要分別在於前者須獲得法庭默許才能落實，後者則要求要約人獲得超過 90% 被要約股份才能強制收購所有剩餘的股權。每次私有化有不同的先決條件，常見的重大要約條件包括：

1. 以出席或委派出席獨立股東特別大會的獨立股東股權計，至少有 75% 獨立股東贊成方案

2. 以出席或委派出席獨立股東特別大會的獨立股東股權計，不超過 10% 獨立股東反對方案

3. 若果公司是離岸註冊，如開曼群島註冊，以出席或委派出席獨立股東特別大會的獨立股東人數計，反對私有化的股東數目不得超過一半，即數人頭規定

4. 若果公司是國企，大股東或須於要約期截至日須持有不少於 85% 已發行股本

5. 若果公司是國企，大股東或須取得國資委相關批准

6. 法定或監管機構沒有採取重大調查或法律行動

　　每逢私有化出現均會為投資者帶來獲利機會，投資者買入博私有化通過，就是常見的套利策略。要判斷私有化的通過機率，大家可從以下六點入手，分別是：

1. 私有化作價的估值水平：估值愈高，通過機會愈高

2. 私有化作價相對過往成交均價水平：私有化作價高出成交均價愈高，反映愈少股東賬面損手，通過機會愈高

3. 留意持股超過 5% 的股東取態如何：若果他們作出不可撤回贊成私有化承諾，將提高通過機會

4. 有沒有數人頭規定：沒有數人頭規定，私有化變數較低

5. 是否需要監管機構批准：毋須監管機構批准，私有化變數較低

6. 股份能否被沽空：若果股份能被沽空，私有化變數會較高

　　博通過私有化優點是成功率高、時間性確定，但有潛在回報受限的缺點，而且私有化一旦失敗，潛在虧損往往相當驚人。雖然博通過私有化「贏粒糖、輸間廠」，但大家只要嚴控注碼及準確判斷值博率，長線對提高回報及降低組合波幅相當有幫助。

出售資產，會派特別息？

　　博公司出售資產後派特別息也是一種事件驅動投資法，成功捕捉這些機會將能大幅提升回報。一般來說，若果公司出售重大資產或有大額收益入賬，同時又沒有大額資金需求的話，公司可作出單次特別分派回饋股東。

　　出售資產派特別息並非小型股專美，例如長和（00001）及長地（01113）於 2014 年出售 24.95% 屈臣氏股權後派發每股 7 元特別息就是近年最著名的藍籌股派發特別息的例子，可見派特別息關鍵在於管理層是否有條件及樂於跟股東分享成果。

　　博公司派特別息並非指公布派息後立刻進場，宣派後買入反而因為派息預期已經實現而變得危險，投資者更應該藉機離場。要早著先機發掘派特別息股票，投資者可從以下三大方向入手：

1. 大額收益

　　要博公司派特別息，一筆即將入賬的大額收益絕對是前瞻性極高的訊號。所謂大額收益是指出售資產所得款項佔股票市值達一定百分比，一般而言至少超過 20% 才算值博。2017 年 7 月，冠君產業（2778）宣布有意出售朗豪坊辦公大樓，該項目市場估值逾 200 億元，佔股份市值至少超過 60%。由於出售所得佔比極大，即使物

業出售未完成，已經足以令股價大升。大部分情況下，公司在大額收益入賬後才會宣派特別息，入賬時差就是投資者入市好時機。當然亦有公司會於出售資產同時宣派特別息，但股價翌日通常立即反映派息影響，值博率將會大幅下降，故此這種情況就要盡量避免。

2. 穩定派息記錄

公司獲得一筆可觀收益固然重要，但若果管理層不肯派息的話，股東亦只能望門興嘆。想知道管理層是否願意派特別息，最佳方法就是參考過往派息記錄。如果股份過去持續派息，理想的話是能夠維持高水平派息比率，派特別息機率會較高。

3. 低負債比率

有些情況是管理層希望大派股息，但由於公司負債率高企，還債減利息支出反而更合乎股東利益。為了避免特別息不及預期，投資者宜選擇負債率低，甚至是淨現金股份，至少派特別息空間會比高負債股票大得多。

何謂分拆？何謂合併？

　　隨著近年港股企業重組手法愈趨成熟，合併及分拆活動亦接二連三地出現。先說合併，凡是兩間或以上的上市公市合併為一間新公司上市都可歸類為合併。合併主要好處是減少同業間惡性競爭、帶來協同效應、有助開發新業務，目的就是要化敵為友，共闖天下，由中國南車及中國北車合併而成的中國中車（01766）就是港股著名例子。

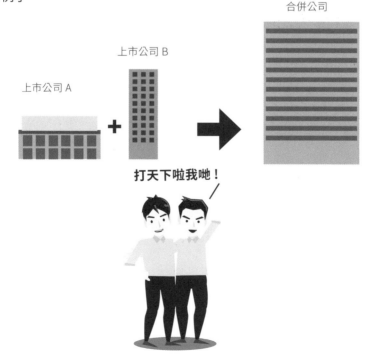

合併公司

上市公司 B

上市公司 A

打天下啦我哋！

至於分拆則是指一間上市公司將部分業務注入另一間公司上市，分拆兩間上市公司會令各自定位更清晰，有助投資者評估業務發展，有利提升公司整體估值。同時，分拆出來業務將有獨立上市地位，這個上市平台亦有助日後進行融資，可謂一舉兩得。一般來說，分拆主要分為新股上市及實物分派兩種形式，前者指公司分拆業務後，並以新股上市形式集資；後者則是按比例分派業務給原有股東，但過程中可以不涉及集資。

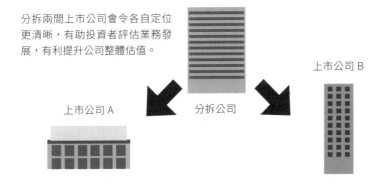

分拆兩間上市公司會令各自定位更清晰，有助投資者評估業務發展，有利提升公司整體估值。

上市公司 A　　分拆公司　　上市公司 B

雖然合併消息較為震撼，但投資者會較容易從分拆中獲得超額回報。其實當中原因並不難理解，因為受投資章程規限，大型基金不能沾手分拆出來的股份，上市初段或出現技術性沽壓，趁股價短線失衡時進場，獲利勝算通常不低。

近年分拆獲利的著名例子相信非由太古 A（00019）及太古 B（00087）分拆出來的太古地產（01972）莫屬，由於太古 A 為恒指成分股，而當時分拆出來的太古地產並非恒指成分股，追蹤指數基金及大型互惠基金受投資規修所限，需要被動沽出太古地產。雖然這些技術性沽盤令太古地產上市初段受壓，但若果投資者當時把握機會吸納的話，半年間可獲得超過三成的驚人利潤。

怎樣發掘潛在殼股？

　　投資者向來是高要求的，交不出成績的公司自然無人問津，股價只會長期沉淪，基本上逃生無門。然而近年興起賣殼潮，只要大股東有心賣殼，那怕公司連年虧損，都有機會絕地反擊，甚至贏到開巷。或許有不少人認為，買賣殼股乃偏門投資方法，原因包括股沒有基本因素支持、大部分殼股易手後都沒有交出成績等。事實上，大家只要將賣殼視之為商業併購交易，整個投資策略就變得簡單得多，而非變成一個投資哲學問題。

　　現時其中一個主要賣殼方式是全面收購（General Offer），即買家向原大股東買入 30% 或以上股權，並提出強制性收購要約，向其他股東以相同作價收購其手上股票，效果有點似私有化，股東能夠以一個協定要約價沽出持股套現。

　　發掘潛在殼股可從以下四個方向入手，分別是：

1. 市值細

　　殼股底價已經不是任何秘密，三至四億元乃基本入場費。若果股份市值細，方便次等財力的買家入主，有助增加賣殼機會。當然市值細並非殼股的充分及必要條件，龐如大物亦有機會賣殼。

2. 股權集中

買家入主自然希望取得控股權，故此大股東及相關人士持有超過 50% 股權，洽購成本自然較低，賣殼機會亦會因而提高。

3. 健康資產負債表

所謂健康資產負債表，其實是指公司沒有重大價值資產、身負巨額負債等，安排出售重大價值資產及還債會令買家卻步。另外要注意的是，公司持有極大量淨現金亦會增加賣殼難度，因為公司或需要另行安排派發特別息予全體股東。

4. 業務簡單

買家入主後自然有鴻圖大計，大多不願持有原有業務，若果業務簡單，將來出售業務轉型便相對容易。

發掘潛在殼股不能操之過急，宜用較細注碼買入一籃子殼股，耐心等待其中一至兩隻開花結果，這樣才能在風險可控的情況下獲取較佳回報。

模擬大戶
深化拆局思維

你是哪一層次的投資者？

如何代入「角色」拆局？

甚麼是「場景模擬」？

「主題投資」從何入手？

如何了解基金動向？

你是哪一層次的投資者？

　　投資者在沒有壓力下成長，速度就像經歷千萬年的進化論般緩慢，只有不停學習、創新會令人感朝氣勃勃外，也是勝敗的關鍵所在。以下會把股票投資者分類為以下 10 個層次，讀者不妨想一想自己屬於哪一種。

層次 10	「知錯即改」的高手
層次 9	「組合拳」的用家
層次 8	「場景模擬」者
層次 7	「eAPT 理論」使用者
層次 6	看通基本面和市場面的「文明人」
層次 5	看見決賽對手的「神經刀」
層次 4	略懂莊家行為的「原始人」
層次 3	「博學」的市場雜工
層次 2	只會「做功課」的學生
層次 1	圖表「印象派」的原始人

層次 1：圖表「印象派」的原始人

只看絕對值或歷史股價的「印象派」，往往用圖表直接下定論該股是否已跌無可跌。這種散戶心中有「回歸中值」（revision to mean）的錯誤信念。看來好笑，但其實連基金經理也常常犯同一個錯誤。

印象派的「回歸中值」指的是把地心吸力原理，大錯特錯地以為大升了的股票很快就有大跌空間，相反亦然，牛頓的蘋果落地論深刻誤用在圖表分析內，在外滙市場，如果是超長線及主要貨幣，或許有點機會呈現此種格局，但對股票而言，可能某些公司股用得著，但 99% 的股票都不能用這簡化的方法去猜值博率。

基金經理當然也常常看圖表，但角度卻完全不一樣，他們會看重要時刻發生甚麼事，猜甚麼力量在買賣，大成交日發生甚麼事，對比 CCASS、「披露易」，加經驗分析。

莊家有時也會利用散戶的這種心態，在下沉已久的股票突然在一兩日內拉升，製造成交量，騙人入局，因此看經紀牌也是一門藝術。股價的「回歸中值」只是幼稚園學生的玩意，但如果是把估價計算在內，即 P/E band 或 P/B band 的「回歸中值」，則有點機會如願以償（賺錢），關鍵是看「催化劑」（Catalyst）及有無不一樣的因素令其回不了中軸。

層次 2：只會「做功課」的學生

略懂會計、財務的人會看報表、年報計算公司內含值，以為 P/E 對 EPSg、P/B 對 ROE 及 g=（1-Payout ratio）x ROE 則能算到長線低估的股票。有的還懂得分析資產負債表及現金流表。層次 2 的人比層次 1 的人好，因為前者較知道 600 美元一股的 Apple 是有超高盈利增長所支持的，和以往 100 美元時的盈利能力不能同日而語。

這時投資者就像進入石器時代，開始利用一些工具來計算股票價值。略懂財務能幫你找到一個點，一個所謂合理值，這就像在茫茫大海裡找到一個救生圈，找到明燈指引，鄙視原始人的茹毛飲血，卻不自知自己仍處於石器時代。

大量花時間看年報、看招股書、做大部分投資書建議我們做的功課，其實用處不大，但做了也有一些用的（雖然只能作投資決定內 10-20% 的基準）。原因是大公司的基本面及估值已大致反映在股價上，小公司的賬目水分單憑你看年報可以看得出的機會微乎其微，如果真的看得出，太小市值的港股很難借到股票讓你沽空。因此不應花太多時間在石器時代做石刀仔，因為你的對手是恐龍，你根本未接近牠時已經被殺。

學習態度可以當這些計算練習為訓練，學習該語言作日後溝通用途，否則你無法知道市場在討論甚麼。我意思是這些石刀仔是滯後的結果，不是有機會讓你擁有超過 55% 贏面的領先指標。

層次 3：「博學」的市場雜工

追求宏觀催化劑、板塊輪動，但其實大部分人都是跟風、「食水尾」，贏粒糖、輸間廠。其實層次 3 是平衡於層次 2 的，雖然長期關注環球金融、緊貼大市、口若懸河、滔滔不絕，實質看似全能，其實無能——甚麼都不能，只是能在市場內做雜工、雜耍。

隔晚美國怎樣怎樣、英倫銀行又如何、日本央行又如何、資金流向內銀、中央也怎樣怎樣，9,000 個變數，即使你有一隊兵加十個彭博（Bloomberg）分析員，也只能追逐變化，沒法領先形勢。

我想，大部分讀者停留在這一環節已有多年，忙來忙去，幾年來計一計，還是徒勞無功。早期還能藉此在朋友前表現自己多博學，但夜闌人靜時，你自己問自己，你的財富有沒有真的因此而穩步增加？

如果這是事實，問題究竟出在哪裡？每一個板塊就如每一張麻將枱，幾十年過去了，每張枱上一直在玩的，都是高手，以為憑你東玩玩西玩玩都能長期贏錢，也未免太天真了。股票是競技遊戲，不能辨認誰／哪一類人輸錢給你，甚至相反你極可能就是那條肥美的魚腩。

層次 4：略懂莊家行為的「原始人」

微觀行業 / 公司催化劑，對莊家行為有一定了解，知道催化劑時間表，但忽略了預期數字，忽略了金融市場的時差。

這個階段的投資者，開始進入準決賽或剛有資格參賽了，投資技巧上，對莊家行為有一定的了解，以防止頭腦過熱，被莊家帶著走，同時知道市場關注的關鍵時間表。來到這步，已經是有獸皮穿的原始人，遊牧民族，生活安定。

不過往往對金融市場的時差，他們對各國及各類型投資者的反應沒有感覺，還停留在「原教旨主義」（Fundamentalist），對資金面感覺不深，引致偶然仍是會輸大錢，而且是輸得莫名其妙。有些人在這之後會告別股市，以後只會老老實實買樓（認為股票投資炒股是偏騙人的），這確實非常可惜。

層次 5：看見決賽對手的「神經刀」

知道及明白市場（分析員）最關注的新聞及領先數據，如行業季度付運排名、市佔率、公司 Book/Bill ratio、庫存量、明星產品 Design-in 機會率，最重要是與分析預期的落差。

走到這一步，有如在同一競技場內的起跑線開始長跑決賽，看見了對手，卻仍然無把握取勝。他們知道哪一些是重要時候，所以會猜到股票會在甚麼時候有較大成交，但股價向上或向下，則還沒有強烈看法，因為到了這一步，還是無法判斷市場面（資金）的分布。

同時，因為對行業掌握透徹，管理層有沒有說謊、誇大，他們大概心裡有數，但未能看到整個局，只是一片一片碎片零零星星在眼前浮現。

但即使如此，他們還是未能掌握、組織出一個背後的故事，因此偶然碰到該點時，靈機一觸，就有 idea 買入 / 沽空，但思考仍停留在神經刀的階段，亦未能明白為何命中率非常不穩定，這時如果注碼運用錯了，將很難在金錢上及心理上翻身復活。

試想想，不會游泳的人其實和游泳健將一樣都不易遇溺，一般情況下，遇溺的都是初懂游泳的新手，在泳池內剛學會，就在沙灘大海向浮台進發，他 / 她只掌握了一般情況下的技術，在場景轉換下就完全失控。

這是大部分人（大概 80%）都過不了的一關，不過在此之後，就能開竅，甚至有機會無師自通。在層次 5 之前，還是在追逐一個點或頂多一條線，並未能拆局，更遑論運籌帷幄呢。

層次 6：看通基本面和市場面的「文明人」

具有基本拆局能力、明白各個利益人士在該股打的算盤、動態籌碼分布情況、明白基本面及市場面（資金面）的互動。

來到層次 6，你對每一隻股票的「感覺」/ 認識程度都可能有不同。以筆者為例，如果我只掌握某一些不熟的股票到這層次，我會認為自己根本不了解該股票的局，因此，頂多只會把組合內不到 1/100 的資金放進去試水溫。我可能對自己太嚴格，因為我

發現很多人在層次 1、2、3 級時，已忍不住扮專家。因此，以上兩種可能都走了極端，大家可自行靈活調節。

層次 6 的明顯特徵，是你大概知道管理層自己有沒有玩弄自己公司的股票、有沒有出口術、為甚麼要出口術，知道基本面和市場面大概何時有機會相遇、甚麼樣的事情又會讓其分道揚鑣，不會因為堅守基本面而淪陷，懂得在股價愈來愈偏離基本面時快刀引痛止蝕。

來到這一步，原則上可算是文明人，有一點謀略和高於常人的洞察力。

層次 7：「eAPT 理論」使用者

拆一個面，或一串股票的連動關係，量度因子放大系數，即所謂的「eAPT」（Enhanced Asset Pricing Theory）理論。「eAPT」是從比較一串上下左右相關股票在每日遇到不同消息因子衝擊下的方向及變幅，而得到的分析數據。這個概念的確有點抽象，對高中讀純數學或應用數學的人來說，可能較易明白其原理。

舉個例，2013 年 4 月，恒指單日蒸發 610 點至 21,727 點，成交 772 億港元。有人說是因為北韓地緣政治緊張、有人說是華中 H7N9 擴散。筆者當時就先排除雜訊，找出比較有可能的因子，並發現北韓因素機會不大，因為南韓股市相對穩定；至於 H7N9 因素，就馬上看一看醫藥股有沒有異樣，結果有可能是其中一個原因。接著，市場有人提到是因為中國打貪，然後我又馬上看看

澳門博彩股的表現，不過似乎未有定論；同時日本量化寬鬆的確令資流入日股；到了晚上伊利沙伯醫院證實，上海返港出現流感病徵者未感染 H7N9……一切一切，永遠沒有人知道真相，很可惜（或很幸運）中國及台灣股市休市，因此無法從這兩個市場內的股票異動再分解及用他們做因子去除雜訊及量度相若的放大系數。

不過同一時間，不排除幾個不利消息讓區內其他休市區域的亞洲投資者沽空／賣出股票，以對沖手上 A 股及台股，減低星期一中、台開市補跌的持倉。伊利沙伯醫院事件可能代表某些消息人士在下午就聽到這一消息，然後恐怕要經歷周六、日兩天假期，疫情發展至人傳人，或首個香港確診個案在周六、日發現。這些都是突發事件可能引致投資損失；相對反貪，有可能連本金都不保，因此其影響最大、最深遠。

又例如某股票的逆市而行或突然波動，代表股票正放出訊號，筆者都會看其對手、供應商、客戶的股價表現，來抽絲剝繭來分析這隻股票的神經線在哪兒。這些相關（正和反向相關都算）股票可能在美國、台灣、韓國、中國。因此平時就要對這些股票有感覺，臨急抱佛腳是來不及的。

層次 8：「場景模擬」者

有能力猜想 Long Fund、Hedge Fund（對沖經金）管理層、莊家的互動及各懷的鬼胎，他們在短／中／長線對該股的看法、做法，即所謂的「場景模擬」（Scenario Simulation）。

場景模擬是指不停代入角色，想像自己是不同類型投資者的時候對某股票的靜態觀察及動態新聞的反應，然後找出自己（上了身的角色）的弱點、偏見，及偏見何時會扭轉、遇到甚麼事後會扭轉。（這會在往後兩篇文章深入探討。）

層次9：「組合拳」的用家

注重組合能力、長短倉部署、注碼控制，以決定暴露在市場風險及行業風險的籌碼及時間。

對於普羅大眾而言，分散投資是好事。我們這裡做的是集中投資在互相有緊密連繫的股票，成王敗寇，挑選具有高度Correlation（相關性）的股票作組合式的投資，即「組合拳」。

例如買Google和三星、沽空蘋果，一軟加一硬來夾擊挾軟硬兼具的蘋果。至於籌碼的大小，就要看這三隻股票及環球科技新聞，例如大型新產品發布會、數據發表日及公司路演時間表等等了。

這難度在於，是你不止要對一隻股有feel達層次7或8，而且連其最相關的股票也能完全掌握到同一程度。很多時候，筆者的分散投資從來不會像投資教科書內所言，分散到東一塊、西一塊，變成像碎片一樣的組合，坊間大量書籍教我們如何分散，又教我們不要沽空，這些洗腦書本不知荼毒多少心靈，少一些定力都被洗腦，從此留在羊群內，等候被宰的厄運。

　　第 9 層要排除這些心理障礙，需要同時建立幾個組合，像衛星一樣圍繞著星系，而幾組合又互相關連相扣，像火燒連環船一樣，隨時提高警覺，迫自己打省十二分精神，縱觀全局、運籌帷幄。因為組合內有沽空盤的緣故，其實火燒連環船是假像，其實是像《無間道》或《寒戰》的諜戰，不太可能全軍覆沒，因為一起大升或一起大跌時，你的沽空盤會發揮內在穩定作用（似高中物理學所說的「緩衝效應」（Dampening Effect）。

　　像環球的「Long Google、Long Samsung、Short Apple」的組合外，筆者亦有其他組合，例如 Long SMIC（00981）、Short TSMC（02330,TSM.US）及 Short 另一半導體股，AAPL 及 TSMC 乃超大型公司，他們的管理及其投資者司空見慣了空軍，所以並不膽心有後遺症（Side-effect）。

層次 10：「知錯即改」的高手

　　買了，跌了，拆局發現錯誤可即時斬倉，然後反手再沽空、冷靜、承認錯誤、再出發。

　　層次 10 是否似曾相識？索羅斯（George Soros）就是在這一層次，他不停在自己每一次取勝時懷疑自己、懷疑敵人十面埋伏，機警、隨時準備反手交易、不停反思。在泡沫未爆破時加倉，談何容易，把猶豫不決昇華成心思細密、運籌帷幄、快速承認錯誤、快速自我修補缺陷，快狠準地再出發法，命中目標。

10 個層次可能互相重疊

打電話問功課、問股票 number 的節目只可以「安慰」層次 1 的投資者，然而，90% 人都是這種投資者。

大部分某行業的專家都在自己行業的板塊股票投資，卻在層次 2、3、4 裡陣亡，從此金盤洗手，不再相信股票，也無法在投資領域中進步。而層次 5 至 6 就是分析員的訓練，層次 7 至 10 是為基金經理的訓練。

這 10 個層次其實不一定有很明顯的界線，也可能互相重疊，亦可能有所遺漏，不過讀者可以嘗試用以上 10 個框框套在身邊的專家或自己身上，看看其功力去到哪一層次，能知道及善用層次 7 至 10 的投資者，百中無一。

如何代入「角色」拆局？

有些股票會突然大跌，很多時是因為一些自身及板塊的影響而洗牌。所謂洗牌是在籌碼分布的角度；你也可能觀察到在公司發放公開信息前後，一些春江鴨的移動方向。很多投資者在這刻都會忙於埋怨消息靈通人士（insider）及慨嘆自己因為沒有大戶資訊而損失慘重。但是這刻又有多少人會去想這刻這些股票的籌碼分布有何根本改變，這便是所謂的「動態籌碼分布」，也是拆局的一種，是結合「eAPT 理論」的元素的分解手段。

隔開噪音，找有作用力訊號

「eAPT 理論」的最高層次，就是代入角色，從而看出他下一步的行動。每天都有海量的公開資訊及流言在市場上漂浮，首先，我們先把噪音隔開，剩下對股價有作用力的訊號（Signal）。

一般做法，是直接分解、量度這些訊號所產生的股價波動方向及幅度，線性還是 exponential；此外，我們亦可用角色投入的方法，先自我催眠自己是某些鼎鼎大名長線基金經理，想像他們聽到這即些信息的即時反應，然後在聽取一眾分析員（買方及賣方）及業務員的意見後又有何即時及最終反應。

第二步是代入對沖基金的角色，想一想是加注、減注、加沽空或甚麼都不做，也可和朋友討論這個對市場人士的觀點有否修正的需要，在聯交所 SDI（股東利益披露）及託管人名單內也可看出蛛絲馬跡。

最後一步就是代入內幕人士／莊家／管理層角色，將自己想像成一隻鴨，一隻不需要出賣色相的春江鴨。就如打麻將時，你總要有 3 個對手，一個常常出老千的對家就是內幕人士，下家是長線基金，上家是你需要高度關注的對沖基金，上家雖然不及下家籌碼多，但勝在籌碼高度集中，而且可做「萬子」，又或做一半後轉身，再做對對糊及「誅」你筒子。

贏錢絕不限於頭啖湯的人

股票投資就如打麻將般鬥智鬥力，從大家已打出的麻將，去思考 3 個對手在做甚麼牌、出甚麼千。

因此，股價大幅波動時，不要浪費時間埋怨，不要多去想偷步（Front Running）的人的籌碼有多大、有多影響股票，我們很多時候都無法飲頭啖湯，但贏錢絕不限於飲頭啖湯的人，選擇你有 feel、能掌握一兩隻股票，才能重注賺取一桶又一桶的金。

讓我們套入長線基金的思考邏輯，宏觀情況似乎比預期差，尤其中國部分，各國齊齊出手救市放水，但似乎力度已不像以往般大。看淡的長線基金會減持股票、買債券，在股票組合內減持 High Beta 股票，增持高息率股票。

對沖基金、長線基金角度不同

長線基金主導的股票,買的是超長線的角度,當對沖基金看短線 PE 對 EPS 增長時,長線基金看 PB 對 ROE、息率、公司企業管治。相反,對二三線股,即使單季盈利大幅急升,如果情況不持續或沒有自由現金流配合,在熊市下,一般跌到歷史市盈率 5 至 6 倍才找到支持,這代表長線基金及對沖基金根本不相信這是公司的盈利增長能力,因此不願意聽賣方分析員說的當年或下年盈利預測及其相關的夢想市盈率,更何況小公司在該產業萎縮時競爭,都會使非龍頭的公司毛利急跌及借貸成本上升。

投資者對拆局各有不同領會

很多投資者對拆局都有不同的領會或解釋。基本面的誤會(例如 misprice)是其中一個重要元素;第二是這些 misprice 的信息 / 驚喜連同持貨者 / 潛在買家 / 沽空者的反應;第三是這些信息分散到達不同投資者的耳朵內的時差,甚至是投資者由於不同投資失誤而引致的滯後反應;第四是這些投資者的動態轉變,即股東基礎轉變。

對沖基金關心的數據點(Data Point)是重要的,但單純有猜對「標錯價」的數據點的能力,只是拆局賺取巨利的一部分技能。筆者發現,愈是醉心於某一板塊,集中研究時就會愈依賴用來驗證的數據;相反,愈是跨板塊的投資者,會愈集中研究第二至第四點,因此有時大家在分享投資心得時會覺得格格不入。

甚麼是「場景模擬」？

　　上一篇文章，是用微觀方法去想像一間公司管理層的短期策略取捨，以及長倉、對沖基金及莊家的短期買賣行為，這篇則會介紹在宏觀層面上的「場景模擬」。這兩種拆局方法的要訣，是首先要讓自己抽離這個局，如果身陷局中，是很容易產生偏見，但同時偏見所產生的想像力卻是值得鼓勵的。

　　不知道讀者有沒有看過電子版的《清明上河圖》，圖中的蟻民每一個都有自己的小故事，有自己移動的循環。投資者可嘗試以神的全知角度（God's view）看公司，除了代入市場上的對手外，也同時想像這個團隊組合在未來 10 年後的影像，有哪幾種可能的「場景」，大膽嘗試「模擬」一下。

　　不少讀者關心由上而下的風暴可能影響投資回報，這也是事實，因此 Long-bias / Market neutral 的方法，重點還是在於善用沽空，一些沽空操作上的問題不難解決，真正困難的是要完全轉變投資方法，但這也並不算難，只是視乎你有沒有熱情。（有關沽空的知識，會在【第 8 式：沽空技巧‧逆向價值投資】詳述。）

　　當你習慣用左腦思考長倉買入股票，不妨試用右腦作短線沽空正股，左右腦都受過訓練後，你會發現 1+1 遠遠大於 2。

另一種「場景模擬」的現實抽離方法，是把時空停頓片刻，把身邊的人當成 Robot（機械人）、當成演員，這是不是有點像電影《真人 Show》或是《飢餓遊戲》？

不停用微積分的微分把上市公司管理層的行為拆件，拆到最小，然後用積分將其下一步或幾年後的場景重組。當你了解你的股票到一定程度，「股人合一」的境界就依稀會出現，若還是沒有出現，就不如抱頭大睡在夢中重組案情。

有些投資者會因為曾經被某一股票傷害過，而絕不回頭再研究這股票，但我絕不同意這看法，因為每隻股票都散發出和其他股票的連動性，忽略得愈多股票，場景盲點愈多，而且學費既然付了，理應更仔細領略當中的密碼，成功拆局可能只在眼前。

尋找 Alpha（額外回報）要有充分的準備，例如用業績及答問大會微調及改變這個預設場景。每天看行業新聞、分析員報告、行業報告和數據是不可免的。信息愈少，主意就愈少，可執行的買、賣、沽空決定只會更少。

三維空間：洞悉市場來龍去脈

　　一隻股票價格因為毛利率的上升而上升，這上升就是「一維」空間的反應，還有負債下降及派息比例增加都可定義成「一維」空間的直接因素。若能想像到一路以來各路人馬誰買誰賣，和管理層指引或分析員預測的互動，可算「二維」空間，可以解讀「一維」空間那硬生生的數字背後的基本面變化，生意、產品、客戶變化屬「二維」空間。

　　「三維」空間指「場景模擬」，看到以往價格大幅波動時，籌碼轉變、管理層的「魔術」、其他利益人士的互動所最終形成的歷史股價平衡點轉移。看到每次 Alpha 產生或市場效率出錯的來龍去脈，此為「三維」空間。

四維空間：不停代入、抽離角色

預見下一個「場景模擬」，不停觀察，接納相反的意見，調節這未來場景及下注/減注，隨機應變，不停代入角色，再跳出角色、抽離，此為「四維」空間。

大多公司的市值是由 P/E x E 所構成。E（Earning）是基本面的結果，而 P/E 則是 CEO、CFO、IR 可以「管理」的。股價圖上，一些一浪高於一浪的股票，除了每次「交到數」之外，也因其內部「股價穩定策略」的成功。一兩次的偶然股價穩定可能是僥倖，但市值超過 10 億至 20 億美元、長期呈現抗跌的股票，就會吸引長線基金的垂青。

觀察管理層如何化險為夷

每一次基本因素改變，長線基金及對沖基金都在看管理層如何化險為夷，防止鐵達尼號撞上冰山。但對投資者更重要的是，當有不利流言（比基本面過好或過錯皆是），CFO/IR 團隊如何在沒有私心下為股價護航維穩，讓長線投資者不至受驚而做出傷害上市公司長線 P/E 或傷害集資能力的沽售決定。

「主題投資」從何入手？

當拆局的對象不是一間公司，而是一群相關的公司或一個板塊，而這個板塊在未來幾個月或 1 年內有明顯跑贏大市方向時，這可稱為「主題投資」（Thematic Investment）。

實踐熱點投資三要點

要成功從事「主題投資」，第一，其實要用鳥瞰角度（Bird's View）看行業，用策略部署（Strategic Planning）的眼光看趨勢，腦內要有批判性地審視管理層所說的 SWOT、PEST、3C、競爭策略等等，就像自己是該行業龍頭的策略師，在沒有沉重股權負擔下去分析行業，及誰會在未來贏及輸。至於一些成功的公司，往往是因為懂得取捨，沒有捨（犧牲）就難成就好的策略。

第二，要有數據支持。例如隨著某些產品的出爐和優績，帶來公司的營業額、毛利率及淨利的上升，投資者的改觀會使股票市盈率提升、向上調整。

第三，是內地投資者所稱的「股性」。每一隻股票都有其性格，在同一板塊，但不同上市地位、不同組成股東、不同幕後炒家支持下，在不同板塊相關消息衝擊下，會有不同反應。我們往往要把短期市場雜訊隔離，才可看到是否形成了主題趨勢。

先拆中局，再拆大局

以上就是拆「中局」（板塊）的主要方法，但新聞每天如洪水一般沖來，哪些是大、哪些是急、哪些是有影響力的？Signal to Noise（S/N）Ratio 是電磁波接收清晰度的關鍵。這個 S/N Ratio 不是永恆不變的，每一隻不同股性的股票在不同敏感度的投資者的反應下，有著不同的比例及分隔標準。

以上所說的一切都是可以觀察、量化，然後一步一步地微調，因為一隻股票和大盤的背馳或比大盤更激烈的反應，就是其放出訊號的來源，只要努力關注某一板塊，你的進步是可以看到的。當掌握了一堆相關股票後，就掌握了一個板塊、一個有自己意見的主題研究。

然後，再進一步拆「大局」（宏觀的局）就順理成章。留心宏觀大局是天天都在做的事，但看完要能預測宏觀變化而賺到錢，卻是最高難度的事。

猜指數變化，難中之難

但相反，如果連拆「個股局」或「板塊局」的能力都未有，即跳入宏觀這博大精深的大局，即未學行、先學走，你認為真的可以作出宏觀前瞻嗎？

看經濟變化容易，猜指數變化是難中之難，如果有一幅抽象畫在你面前，你又不是藝術家的話，或許無法斷定是出自三歲普通小孩，還是藝術大師的手筆。換句話說，大部分抽象畫家都應該

是有一手畫素描的紮實基本功，才能進入化境的。

索羅斯（George Soros）以往也是拆個股及板塊的專家，而至今，科技板塊依然是索羅斯基金的主要 Alpha 來源之一。

做 Alpha seeker？還是純 Beta 投資？

相反，宏觀拆局高手，而且家財源於此的，筆者還是真的沒有碰過。不過也不排除這也是源於一般投資者迷信自己常留意 QE、歐洲央行態度等消息就是有能力預測大市的誤解。

另外，你有沒有聽過索羅斯（George Soros）買認股證、牛熊證？期權（Option）即使有可能也不多，期貨（Future）倒是極多的，沽空及槓桿也是極多的。這可能說明了一些事，是嗎？

結論是兩極分化，要麼做 Alpha seeker，長期專注及努力鑽研某一板塊，買入或沽空並用；要麼做純 Beta 投資，買盈富基金，如果未來 QE4 出爐時，千萬不要浪費時間看哪隻藍籌跑贏了，因為我們很難在這些大額而自己不真正熟悉的股票內找到 Alpha 的。

如何了解基金動向？

　　基金公司是市場的主要參與者，投資者必須了解他們的操作手法。大部分自信的基金經理，都能計算出心儀股票的合理值，但不是每位基金經理都能知道為甚麼心儀股票突然連跌，為甚麼遠遠偏離軌迹、愈來愈遠離買入價，甚至觸及止蝕位。很多時，除了公司質素，股價更受買賣多方的實力和資金流動影響。市場瞬息萬變，不少基金經理由於處身大後方，因而遠離市場訊息，以致未能快速調整資金。

　　說到底，資金流能令個別股價在短時間內偏離軌迹，而且這些力量背後都蘊藏著訊號。分析債權轉股、由已發展國家轉發展中國家、由南亞轉北亞、由大股東轉細股東等當然重要，但這篇希望和大家探討個股的資金流。

　　相信大部分人都同意股價會快速反映最新市場消息，當然有時會過快或過慢，以致股價常會偏離合理值，這是所謂「非完全效率市場」（Not completely efficient）的看法。明顯地，如操盤者愈緊貼市場訊息，其買賣決定將愈有效率地反映市場訊息，其投資組合也就愈快反映價值重估後的價格，相反亦然。

　　那麼，甚麼股票比較快反映最新消息呢？理論上，應是容易理解的行業或公司、有品牌的公司、大型公司，實際上可能是透明

度高、較重視投資者關係 IR 的公司、下游產業鏈的公司。如基金
經理或分析員多關注在後者，其交易當然也更能反映最新消息。

了解基金動態，探究股價變動起因

要拆解這一堆的答案，可以嘗試從參與賽事的健兒身上找一
找，以下會簡述不同基金的動態（而非靜態）。

股票的升跌，是一個非平衡的動力（Unbalance Force）。升
跌的特性，可分為快慢急緩、注碼大小、資金集散、時間長短，
更可分為堅持型或間歇型。

筆者沒有任職過長線或長倉基金（Long Only fund），只是
憑自己和長線基金朋友的交流、憑自己看到投資銀行的銷售簡報
（Sales notes）或交易簡報（Trading notes），當然也包括我
直接在全球前十大的長線基金辦公室所嗅到的味道，重組出長線
基金的運作模式。

其實長線基金也有三種決策速度。第一種的基金，是基金
內的分析員有自己的持倉，也可以直接下達買賣命令給交易員
（Trader）。如果基金內的基金經理最終沒有配置相關股份而
該股真的大升，則有可能被首席投資官（Chief Investment
Officer）修理。這種分析員的權力及地位均很高。

第二種基金，有較多的游說型分析員。這類分析員都有自己的
虛擬組合（Virtual Portfolio），他們的獎金來自這虛擬組合的收
益率及眾多基金經理的年終評分。當然，基金內一些有口碑的分

析員每當上調或下調某股票的評級（內部才看到評級轉變），則有些基金經理擁躉會立刻反應配置，因此也能減少時差。

第三種基金，是對於股票反應最慢的結構。買方分析員需要單獨約每一位投資經理（Portfolio Manager）洽談，否則在開例會時才有機會提出觀點。在科技板塊內，這類基金只適合買賣超大市值的公司。

投資時只適合定模糊目標價及概率

投資是一門鬥智鬥力的比賽，長線基金較少理會對手的動向，但對沖基金則常常猜度，有時也用套戥心態交易，因此一些突如其來的個股消息，多半是內幕人士或對沖基金預測其他對手行為的先行動作。

很多散戶都喜歡問目標價、止蝕位、買入價，但由於市場訊息常變，以致資金流動和股價常會大幅波動，筆者認為投資或投機都不宜有一個太精確的目標價及概率。事實上，每一隻股票都有不同的參與者，因而都有不同的節奏和升跌速度，也由於有不同的內幕人士及友好莊家，因此也需要一層層地拆解。

這一篇並沒有提及非傳統基金，因為有些非傳統基金（例如依賴高頻交易或量化模型等基金）只看指標數據，不看管理層，他們的下盤速度及力度也視情況而定，並不能套用以上長線基金的模式。總而言之，投資或投機都是有技術的，問題只是你願意花多少精力去想通箇中關係。

沽空技巧

逆向價值投資

甚麼是沽空？

沽空是投資還是投機？

衍生工具買跌是否較勝於沽空？

為甚麼沽空比較多 Alpha ？

沽空、挾空倉、派發是連續技？

選擇甚麼股票做沽空？

為何要在「大日子」前沽空？

如何找出「催化劑」時間表？

哪些是沽空的常用招數？

甚麼是沽空？

香港大部分投資者，都是傾向只做「長」而不做「短」。「長」即是長倉（Long Position），投資者看好某種資產（外匯、商品、股票等）而買入，希望受惠資產價格進一步升值。而「短」就是短倉（Short Position），是長倉的相反，投資者看淡某種資產而沽出，希望在資產價格下跌中獲利。

從社會大眾議論「禁止沽空」是否可以令市場更公平、成熟時，無疑它變成了一股難以抵擋的洪流。無論你喜不喜歡它，沽空始終沒有離場。

小投資者在跌市中只能望市興嘆、止蝕、博反彈，不去順勢進攻是何等被動。現在多間證券行（甚至是網上的）都提供港股沽空，沽空已不再是大戶的玩具。作為小投資者，注碼小的先天優勢其實在沽空變反手挾空倉時可以非常靈活，坐擁如此優勢而不好好利用實在浪費。

直接一點來說，小投資者如果小注沽空，是非常有益身心，沽空是醫治投資行為心理障礙最有效的良藥。一般認為，沽空令投資者背上沉重的心理負擔，但同時，這種理論上可輸無限的玩意，卻能夠讓沽空者真真正正快速成長、開拓視野、海闊天空。

正面看沽空，加快投資成長路

在情感上說，沽空似乎不是共榮的手段，是缺德的行徑，但同時有助加快股價反映負面訊息，亦可能有助鞭策公司的進步，至少可以增加該股票的成交量。而且在賭桌上，籌碼是沒有感情的，投資者和股東產生感情，潛在損失很可能會令感情崩潰，一敗塗地。

沽空在美國已流行經年，對沖基金充分利用了長短倉，來捕捉股票的拐點。在台灣，融券也被很多散戶廣泛利用。這種雙邊交易（長短倉）的策略令人避免偏激，保持冷靜思考、順勢而行。

在香港地，甚少有人大膽地推崇沽空，原因多不勝數，筆者沒有統計過從沽空中賺到多少（相信是不多的），卻深深領悟到沽空會令人徹夜難眠，但也是這對熊貓眼令我以最少學費學會了最多的實戰技術。

沽空是如何操作？

大戶沽空一般是透過 Prime Broker（如 Goldman、Morgan Stanley），而私人銀行（Private Bank）一般如 UBS、Credit Suisse 也會提供沽空服務。

零售銀行是沒有沽空服務的，我們可在本地券商／經紀行開 Margin Account（非現金戶口，俗稱孖展戶口）才能沽空。其實一般老股民的戶口都已經是孖展戶口，只可能需要簽一張合約就能開通沽空服務，申請非常簡單；而且你只需要向你的經紀要求，一切都交給他在內部協調，不用你操心操作上的問題。

　　因此，華資券商如輝立、新鴻基、申銀萬國等十幾二十間經紀行都會提供沽空服務，另外盈透證券（Interactive Brokers）更提供網上直接沽空服務，操作非常方便。

　　美國股票的沽空大部分在網上完成，Etrade、Charles Schwab、Interactive Broker 都可作美國沽空。由美國 ADR 沽空中移動，可能會比在香港沽空中移動更加方便及經濟（借貸利息及成交佣金方面）。

　　但沽空並不能從電腦 / 手機直接下盤，一般需要透過你的經紀打電話下達沽空訂單，其中借貨及利息多少都是你的經紀負責去問，你是不用操心的。沽空的利息視乎是哪一個券商、哪一個股票及甚麼時候而定，一般報的都是年利息。

　　不要鑽牛角尖去用認沽輪、認沽權證來做，因為這是非直接的衍生工具，成本貴而且無法訓練你的止蝕技巧。不要再相信甚麼權證比較安全的似是而非說法！只用資金的 1-5% 練習沽空正股，其實是相當安全又便宜。沽空絕不是大戶的專利，如果真的是大戶專利，你也應嘗試穿入大戶的鞋，感受一下大戶是怎樣利用沽空擊敗散戶的。

沽空是投資還是投機？

很多人會問，沽空是投資還是投機？

我想，沽空的投機成分遠比投資成分大。投機是機會主義者，作為一個對沖基金經理，就像西部牛仔般用繩索套取獵物。

不過，沽空也需要看基本因素、管理層質素，更要多看其他投資者是怎樣想的，需要金睛火眼關注催化劑（Catalyst）。就是在這種高度緊張的環境下，投資者的潛能馬上被迫出來了。

沽空者除了一眼關七外，還要每日／每周荷槍實彈在戰場內調配進退的速度。這就是我持之以恆的「加、減」法（Trim、Add）。

「加、減」法在一般交易也頗為有用，而運用在沽空層面上則是能決定輸贏的一種技巧。配合「1/3、1/3、1/3」注碼策略及忘記平均價的方法，此為最高境界。這是很容易、很簡單的理論，沒有高深的數學模型、不需要用計算機，但是只有 5% 的人能在實戰內運用出來，95% 的投資者被心魔所牽制著，讓這套策略永遠只留在心裡而變成一套沒有實踐過的理論。

散戶沽空，更懂止蝕

當然，太頻密的進出是多餘，也容易變成了經紀的點心。所以一般來說，是遇到基本因素的轉變或真正察覺到該股票持續地有大額資金的進出時，才會進行 Trim & Add。

當中的重點，在於一旦 Trim 或 Add 過，投資者就會很自然地跌入思考的漩渦，重新審視手上剩下的股票是垃圾還是珍寶。

在沽空的過程中，小投資者會比較容易止蝕，原因是心理上，沽空是有可能會輸無限的，而且每日要付借貨利息，不能像長倉一樣死守。一般人認為這是不做沽空的最佳理由，我卻認為是訓練止蝕的絕佳方法。

衍生工具買跌是否較勝於沽空？

利用衍生工具買跌勝於沽空？我始終不太認同。因為衍生工具往往是隱藏了本來明顯易見的差價，如果買入認沽輪，則又重新墜入「長倉長揸」的心理障礙。

筆者一直認為，買認股證或買認股權證就有如「過大海」在大／細賭台上買開圍骰，出現圍骰的機會只有「1/6 x 1/6 x 1/6 x 6 = 1/36」，但賠率卻只有 1 賠 30。長期買輪／權證就可能輸多過贏，比買大／細食水更深，只是偶然一兩盤的小勝令賭徒亢奮罷了。除非投資者有額外消息（未反映在股價內），知道正股將大幅波動，這樣就應該買入槓桿比例高的輪／權證。

恕筆者孤陋寡聞，很少見到有小投資者在長期買賣期指／認股證／證股權證中，能長期獲利。可惜，大部分小投資者都被「刀仔鋸大樹」五個字所誘惑，甘願長期在 1 賠 30 下的情況，買只有 1/36 或然率的圍骰。建議小投資者在未完全掌握認股權證的全面技術前，還是少玩認股權證為妙。

沽空要注意的地方

當然，進行沽空也有不公平（相對買入股票，Long）的地方，這就是額外要付出借貸利息及遵守「沽空守則」（Uptick Rule，

包括禁止無貨沽空活動及限價沽空），也是因為這樣，如果小投資者即使看完本章都沒有衝動進行人生的第一次沽空，也應多留意該股被沽空的比例的變化，畢竟沽空者在這不公平原則下沽空股票，可能代表手上擁有多一點的勝算。

　　再說，因為認沽輪及認沽期權的發行商也一樣要承受這些不公平待遇（利息及 Uptick Rule），因此，發行商也會將這些費用及風險轉移在認沽輪或認沽期權內，發行商絕不可能「硬食」它們，因此，說到底，直接沽空正股才是第一優先。

為甚麼沽空比較多 Alpha ？

　　贏錢輸錢都要清清楚楚，不清不楚的輸贏，終有一日會清你袋。首先要分清楚贏的是 Alpha（額外回報），還是 Beta（系統性風險）。如果是 Beta，總有一天要回吐，如果是 Alpha，也要問為甚麼這 Alpha 會出現？

　　Alpha 的出現，有如你坐上一張對手相對自己弱的麻雀枱，長期和技術比自己弱的人打麻雀，長遠來說，技術成分會比運氣成分重要，多打、長打，是會贏的。

　　這張麻雀枱就是你所鎖定的股票或板塊，因為你從事這個行業或因為長期鑽研這行業，你會比其他對手勝一籌，當長期買 / 賣 / 沽空這隻股票，贏面會慢慢提升。這就是「技術性擊倒」，贏得有道理。

　　相反，冒市場風險（系統性風險）而獲得長久持續回報是很難的，直接一點說，是不大容易說得通的。由一個大的系統看，股市是零和遊戲，如果你找不到某張麻雀枱的輸家 / 弱者，可能自己就是那個弱者了。這樣說雖然很殘酷，因為很多人在不自覺地不斷尋找 Beta Return，認為多想、多思考、多了解宏觀經濟，可令自己贏面提升。

管理層甚少透露負面資訊

另外，沽空的 Alpha 往往比買入股票為多。當中原因在於 Alpha 的出現源於驚喜（正面及負面），而管理層一般都會設法讓外界知道自己公司多好、多優秀、多無敵，卻很少願意透露負面的資訊。換句話說，如果筆者知道某科技公司有甚麼好消息時，十居其九管理層已向投資者（尤其是向出名大基金、長線基金）說了，我們得到的大多是舊聞。相反，當我們有一些對公司負面的觀點或想法，則很可能這觀點會被管理層反駁。

對於很多大公司，他們的長期朋友是大型的長線基金、是買入了一兩年甚至十年八年都不會賣出的那種基金。相對於長線基金，我們這種今天買入明天沽空、表面說長線投資但背後在重重沽空的對沖基金（又稱西部牛仔），對企業的重要性，顯然是次一等。

這種長線持有的策略，也造就了長線基金和管理層份外接近、消息流通的「特殊」優勢，對於這種選擇性披露（Selective Disclosure）的企業，對沖基金會額外小心，以免落入大型長線基金的天仙陣內。

因此，對於散戶來說，個股沽空比例非常具有參考價值。見風駛舵，靈活游走在買 / 賣 / 沽空 / 派發中，贏的機會就會浮現。不過，無論如何，專注於某一行業、某一類股票，是最必要的。

沽空、挾空倉、派發是連續技？

以下以筆者的經驗，說明一下「沽空、挾空倉、派發」三部曲。

渾水公司（Muddy Waters）曾經在 2012 年 6 月 28 日攻擊過一隻叫展訊（Spreadtrum）的科技股，這種無工廠純設計的半導體晶片的公司是筆者最擅長的板塊。渾水報告一出，馬上刺激起我的神經。筆者買入過也沽空過這隻股票，但在渾水出報告時並無倉位。當晚，盤中一度突然急跌 30%，成交量急增數倍。但此事件一出，展訊管理層馬上回應，決定召開電話會議，直接回應渾水的每一條指責。

展訊就在急跌 30% 後作出「V」型反彈，完全回補裂口。其實，此時筆者還是沒有把握這股票的去向，但深信自己對展訊基本因素的了解應該是除管理層外的最前 10% 投資者，但這回渾水事件是一件 Event（事件），絕不是基本因素能預測的波動。

其後兩三日，展訊股價都高開高收，盤中穩定，筆者判斷渾水陣營應在報告發表之前沽空了展訊，如今受到前所未有的挾空倉，死守幾天也最終兩三天高開高收的恐懼下平了倉。

筆者判斷大部分挾倉者亦非因為基本因素而買入展訊，而是為了贏取渾水一方最終平倉所帶來的短暫而巨大的利潤。因此在頗明顯的挾倉行為後，挾倉者很可能會把股票有秩序地賣出，而造成「陰跌」情況，這個就是判斷「派發」時最佳、最安全的沽空時機了。這次雖然賺不到此前沽空及挾空倉的利潤，卻低風險地捕捉到「派發」時的順風車。

本港披露沽空資訊較外國佳

一般來說，沽空者在某股票累積一定沽空金額時出手，出手快而準，一般手上可用挾倉的籌碼（含短期借貸槓桿）大於幾日沽空金額的總和。挾空風險在於在挾空期間有沒有突發事件和管理層的言論。而挾空中者除長線基金外，也常常有原本正在沽空的操盤手的倒戈相向。

對於美國股票，投資者雖然較容易以低成本借貨沽空，卻較難知道每天沽空比例變化，也較難從股價機內看出沽空的券商，香港卻在這方面做得好很多。

縱使你很了解某隻股票的基本因素，但在缺乏「催化劑」的幫助下，基本因素是難以把股票拉回合理值的。在不同階段，用不同技巧決定某心儀股票的「長、短」倉位，正是結合基本面及市場面的最高境界，不要有無謂的既定立場，應該快速應變走位，不要被投資心理的障礙迷惑。

當發現不對勁時，投資者就應由買入變沽空，由沽空變挾倉（一起挾，不是用一己之力），由挾空倉變派發（又再沽空）。在市場上，只有以往的坐盤交易員（Proprietary Trader）及散戶才有如斯靈活的身軀，因此小投資者不要放棄天生的優勢。散戶缺的只是技術，而多用時間研究 Alpha 則是長勝的正道。

選擇甚麼股票做沽空？

　　「買 Apple，沽空 Nokia；或買 ARM，沽空 Intel」，這些都是經典的「Pair-trade」策略。這個組合就是希望消滅或減少 Beta Risk 的同時，強化 Alpha。

「Pair-trade」有別期指對沖股票

　　假設全球股市向上時，買 Apple 很可能得到 Beta 回報，而沽空了 Nokia 即很可能承受 Beta 損失，相反亦然。如果籌碼調節精確，即用不同大小的籌碼來調節 Nokia 及 Apple 股票 Beta 的差異，那麼大市升跌就會和這個投資組合沒有多大的關係。然而，公司內在因素或板塊因素則會主宰這個組合的輸贏。

　　這種 Pair-trade 和用期指來對沖股票是有本質差異的。因為 Pair-trade 的兩邊（兩隻股票）都包含著 Alpha return / Alpha risk。若用認股權或認股證來對沖股票則有 Payoff（付出）曲線不對稱的問題，致使無法有效對沖 Beta。如果讀者熟悉某一行業，理應直接用沽空股票作對沖，盡量避免糾纏在衍生工具，畢竟衍生工具乃投行其中一個重要的盈利渠道，既然可以養活這麼多高薪員工，又對沖了股票大升或大跌的風險，多多少少暗示衍生工具的價格已隱藏了正股買賣差價及其手續費。

至於追隨不同板塊、用多種衍生工具做組合的方法，小投資者會較難讓掌握。即使是專門建議基金經理做資產配置（Asset Allocation）的投行策略師，也是因人而異，成敗參半。

因此，建議小投資者應該專注投資於你自己的行業，不要再有藉口說：「做這行，不投資這行，因為怕所有雞蛋放在同一個籃內。」或「這是夕陽行業。」因為如果覺得自己的行業前景暗淡，更應積極沽空自己處身行業對手的股票以作對沖！

沽空中尋找樂趣

再者，投資於自己的行業，會令自己金睛火眼，對行業資訊加倍留神，如果有幸沽空了自己行業的股票，更是一眼關七，看同行對手的年報也會津津樂道，又能看出多一個層次的意義。大老闆也會賞識其對行業的深度廣度，總比在辦公室／茶樓談高爾夫球來得實際、專業。

如果專業又有毅力，長期研究一個板塊，不停和自己行業的行家切磋、分析，很可能讓你在高度競爭的股票市場上賺到錢，才能從石頭裡鑽出石油來，才能一次又一次重複地、技術性擊倒你的對手。如果你是公務員或本身行業沒有上市公司在香港，可選擇美國上市公司或選定一個自己最熟悉、最感興趣的行業加以長期研究，或選擇容易明白及跟蹤的消費股及互聯網股，沽空股票可不受行業盛衰的限制。

為何要在「大日子」前沽空？

「Pair-trade」一般都是一起建倉一起平倉，同時必須留意這兩隻股票的重要日子（Big Day of Event），行內所謂的催化劑（Catalyst）。催化劑（大日子）的到來日，投資者會被喚醒，刺激而誘發投資決定（加／減／開／平倉）。

舉例說，Apple 的 iPhone 發布日是該股的催化劑；Nokia 的業績公布日或公布日前一個月的高危周（盈利警告周）則是該股的催化劑。如欲長期取勝，就要不停思考、不斷預測、小心求證、謙虛求教、廣納意見，不停猜想對手反應，然後再求證。

贏取巨利本來就不是打通電話拿冧巴這麼簡單，但對喜歡挑戰的人來說，過程和結果同樣享受。

勿空談宏觀大勢，忽略切身資訊

在 Pair-trade 當中，投資者應該認清自己的優勢，長期在自己有優勢的地方發掘、鑽研，了解市場上的對手、思考他們對那些數字、轉捩點是怎樣反應的。畢竟在麻雀枱或賭枱上贏錢（即要對手輸錢）是一種高度競技遊戲，是比智慧、比毅力、比專注力，長遠來說，絕不是運氣的比賽。短線運氣雖然很重要的，但一時運氣所帶來的勝利，更可能是埋下了將來一鋪清袋的伏筆。

1 交易
心理　**2** 基本
分析　**3** 技術
分析　**4** 價量
玄機　**5** 選股
策略　**6** 事件
驅動　**7** 拆局
思維　**8** 沽空
技巧　**209**

哈佛大學教授麥可·波特（Michael Porter）的《競爭優勢》及《競爭策略》兩書暢銷全球，已深入 99% 的基金經理人的血液內。然而，懂得運用麥可波特的理論已不能在競爭激烈的今天在股壇上取勝，但不懂運用這套老掉牙的理論卻會令自己難於估計大戶的下一步棋。

投資者應該在自己熟悉的行業內，不斷尋找該行業所遇到的轉捩點，猜想價值投資信徒得到這些最新資訊後的投資方向，便能掌握該股票的「體溫」、擁有對該股票起跌的感覺，當這種感覺愈強烈、愈快時，就是下注的時候了。相反，若對於一些股票的升跌一絲感覺也沒有，即使股價大幅波動後 2 至 3 天也不知原因，那麼，這隻股票將很可能會害你「贏粒糖，輸間廠」。

投資者往往樂此不疲埋首鑽研宏觀轉變，寧願談一些沒有結論的宏觀話題，卻忽略了自己處身的行業和熟悉的公司。宏觀分析當然重要，但往往不在我們掌握之中，只是很容易得到附和、很容易為投資失利找到藉口。相反，專注研究公司其實很考驗投資者的真本領，真的不幸得出錯誤結論、下錯交易決定就會產生難以推卸的責任。但老實說，在這種壓力下成長，投資技巧才得以快速提升、終身受用。

如何找出「催化劑」時間表？

　　初戀，既甜蜜又危險，每天朝思暮想著對方，充滿熱情，同時兩個人之間的感情又很脆弱，很容易因為一些小事磨合不好而分手。沽空股票要成功，往往要像初戀中的男孩一般去關心及照顧她 / 它。大部分男生最怕女生問兩個問題，第一是：你記得今天是甚麼日子嗎？第二是：你覺得我今天有甚麼不同？這就是上文所提到「大日子」及一直推崇的尋找 Alpha 理論了。

　　一般投資者以為財務知識是對股票買賣勝負最基本及最重要的元素，筆者卻認為從行業分析 / 公司分析相關的「催化劑」時間表（Catalyst Table）才是最重要的。這麼多西北大學、耶魯大學等著名學府的 MBA 畢業生撰寫分析報告，一般小投資者其實毋須花大量時間再細讀年報或以往的財務數據，股價大多已反映了這些數據所反映的風險及潛在回報。

　　相反，如果小投資者能用初戀的熱情關注自己的行業，或自己喜歡的行業，甚至能更進一步去關心到底初戀中女孩子身邊的人及事時，那麼投資不止是樂事，也能助你賺取更可觀的收益。

　　筆者不是說一定要和股票產生感情，也不是說你一定要愛上某一個行業，但天下沒有免費的午餐，投資者也要做一點不艱深的金融數學功課。我們只需要用初戀的熱情去關心及量度小情人的

「體溫」（開心不開心），不開心是因為雨天、空氣污染，還是因為家中要事，或要憂慮面試模特兒的表現？以上都是我們心內一直在分析，是宏觀令股票水漲船高，還是微觀的個別公司自身因素令股票逆市下跌，從而致力把 Alpha 及 Beta 分離、分析。

從催化表看價值回歸

另一個比喻是離家出走的兒子，偏離合理值（Fair Value）的股票已有很多，但這些離家出走的人，幾時又會回到溫暖的老家？答案又回到「催化劑」時間表，父親生日 / 妹妹結婚 / 遺囑分配日，離家出走的人都會考慮要不要回家（Reversion to Mean）。

本章的用意不在教投資者保本，而是希望小投資者能用大戶的角度分析股票，繼而用小投資者的快速轉身優勢狠狠的從沽空、挾空倉中技術性擊倒對手。因此，要膽大心細面皮厚、要有膽量用大戶的角度分析籌碼分布、籌碼動向，要細緻地分析你自己的行業，要面皮厚地做壞人去沽空朋友 / 名家推薦的股票。

筆者除了看分析員報告外，主要 Alpha 來源，其實是看行業報告、看專家微博、和業界人士討論趨勢市場。這和一般基金經理坐在 IFC/ICC 接電話看大行報告有強烈對比。筆者只有不到 20% 時間在中環辦公室，大部分時間穿梭中港台：約見公司、約見他們的競爭對手，發掘缺陷美、想出 Alpha 是否存在，然後重重的沽空它們，從離家出走的人回家的時機而獲利。

這一切需要的，反而不是複雜的數學模型、財務知識，而是對某一行業的專注和感情。然後想誰在初戀中，是國外大基金？本

地對基金？國內私募基金？還是 QDII ？判斷這些人在辦公室裡聽到的是甚麼而觸動了神經末梢，是「那些年」中的初戀感覺嗎？

注意「體溫」的變化

另外，每個女孩都有獨特的性格、優缺點，千萬別埋怨她，更千萬不可嘗試改變她。股票亦如是，埋怨股票為甚麼沒有跟隨大市爆升，就會錯過領略個股籌碼動態的良機。筆者也常常提醒自己不要使情緒隨股價般起起落落，要更冷靜解讀市場先生的心態。

上述提到的「體溫」，都是非常關鍵的把妹及投資方法。如果覺得市場情緒因為某一個未來催化劑事件，而可能變得雀躍，導致「體溫」提高，則事先可加注買入股票。相反，如果「體溫」有可能降低，則千萬不要在這時用自己的熱臉貼女生的冷屁股，否則很可能被優質美女定義為「觀音兵」，甚至小丑。如果你有這種股價下跌的假設，則應在「催化日」前減持股份，甚至沽空這股份。即使你長線而言很喜歡她，但短線的策略性減持，甚至精妙地利用沽空機制，反而會增加你的獲利機會。

既然「催化日」這麼重要，從哪裡找未來催化日呢？首先，催化日有分為可被預測及不能被預測的。很多政府政策其實很難預測出台時間，我們一般不會浪費時間預測。相反，我們應花精力在可預測的「大日子」上，透過個別公司網站上的投資者信息，有時可以得知公司的路演時間表、參加大型券商年會的時間表、參加行業大會的時間表、新產品發放的時間，也要留意業內大事公布的時間表、MSCI 指數成員變動時間表。切記，這些並不限於投資者想買入的公司，也往往包括其對手、供應商、客戶。

哪些是沽空的常用招數？

　　想成為一個成功的沽空者，必須一眼關七，但到底要注意甚麼指標呢？筆者認為最少有 10 項最為重要的。這裡不囉唆地提到價值投資對沽空的重要，因為沽空只是價值投資的相反理論，而坊間已有太多價值投資的書，在此不會班門弄斧。

　　相反，發掘價值陷阱卻是沽空者的習慣及樂趣之處。發掘價值陷阱除了需要一般財務知識，也必須配合投資者對該產業的深入理解，方能識破陷阱，從中謀取沽空的利潤。

　　沽空股票一般是對沖基金的專利，而且大多是海外對沖基金所為，要看看一隻股票有多少對沖基金參與，最直接是看半天公布一次的個股沽空記錄。很多小投資者常常說大行發出「賣出」評價前，很多大戶已經「做嘢」，要驗證這一點，可直接看這個幾乎沒有時差的公布，一目了然，不用估來估去。

（1）股權變化

　　籌碼分布分為靜態及動態，動態是在時間主軸內幾個大股東 / 基金 / 炒家的籌碼轉變。投行分析員和基金經理的最大分別，就在於各自對籌碼的不同見解及體會。我每每被基金 / 投行問及關於某大中華或歐美科技公司的意見時，我有 1/3 機會說：沒有 Feel。這

裡指的 Feel，其實是指我對未來籌碼轉變沒有強烈靈感，功課未做足或訊號太雜，在不知趨勢發展的情況下，還是不要誤導朋友。

那麼，這個 Feel 一開始是如何來的？以香港股票為例，我一般會上 HKExnews 網站找「披露易」（Disclosure of Interest），看看牌面的世界（當然牌底沒有這麼容易被看穿）。

在當中的公開資訊，管理層的股權變化、增持減持等，都會一目了然，創投基金一般在剛上市的公司也有明顯持股，另外基金持股超過 5% 的也必須披露。更可在聯交所設置股權變更提示功能，方便用自己電郵看到通知，甚為方便。

（2）託管人的籌碼分布

「披露易」所顯示的是受益人（有時未必看到最終受益人，因可能只是託管銀行）。因此第 2 招是看 CCASS（Custodian，託管人）的籌碼分布。很多時候，我們大概從這些數字大小及轉變可以看出相互關係，即對應哪一個 Custodian 的股票大抵應是屬於哪一個基金或哪一個人。

要留意的是，CCASS 變化更新是 T+2 的數據（即 2 天以前的全日變化），而「披露易」不一定是 T+2，要實際看「有關事件的日期」，一般是一周內公告的。

單看 CCASS 的變化是很弱的資訊，重點要和「披露易」一起比較。上市愈久，市值愈大的公司，CCASS 累積的券商一般愈多、愈分散。市值大的股票一般會出現 HSBC、Standard Chartered、

Citibank、JP Morgan 等大型持股人的名字。相反，如果大部分「貨」是落在一些不知名的小 Broker（券商）手上，這則可能是一隻貨源集中的股票了。

但我們不要太沉迷去計算這些託管人手上的貨的集中度，因為在大利市報價機上顯示的是買 / 賣券商，大投資者一般都有 Prime Broker 或 Custodian 做結算，因此不一定需要透個同一個券商做買賣的。

如果一間公司在市場買回自己的股票比例偏高（比起這股票每日總成交），那麼比較容易找到是 BOC、HSBC 或透過其他大型券商進行回購。在台灣，每日 Yahoo（奇摩）財經網內的籌碼分布一欄，更以 T+0（當天）顯示買賣券商數量。

不過，香港聯交所對 CCASS 的分類方法不太易用，我一向用大衛・韋伯（David Webb）的「Webb-site」網站來解決問題，這個分析方法還能看到哪一路人馬在主導這隻股票的供求。這個場景有如你走入麻將館，各路人馬都到齊，就算你只想賺一百幾十元，都最好看清楚打牌的人是哪些背景！

例子可參考舜宇光學（02382）。在 2011 年時，「Webb-site」網站的 CCASS 表內可看到大型歐美投行並沒有明顯增持，但到了 2012 年，則可以發現每月都在持續增持，聯交所的「披露易」未顯示的 5% 持股，CCASS 已反映了有外資密密地增持。

（3）沽空比例

可是，要留意，這個公布資料並不會透露已平倉合約或累計沽空數量，這個有別於我們在投資美股時用的 Bloomberg SI（Short Interact）功能或從 Yahoo 財經網內看到的 Shares Short（或 Short Ratio、Prior Month Share Short）。因此，香港聯交所公布的只是追蹤到最新被沽空的數量，完全沒有顯示舊的沽空盤有沒有平倉（Cover）。

很多讀者看到這裡都會問：究竟沽空數字要多少，才意味這股票會下跌，而且會跌多少呢？抱歉，世事從來沒有這麼單純，股票永遠不是靠一條公式就可以預測到，沽空金額／比例只會令我們猜到（猜而不是知，因為除了沽空者，還有衍生工具的發行也可能出現在沽空榜）參與的投機者的比例。雖然這是一個重要參數，不過並非唯一參數，要結合前文後理的技術，才能令贏面增加到 80-90%。

（4）圖表

因此，沽空比例要和圖表放在一起看，利用沽空比例看看哪幾天是對沖基金進場，他們的成本價是多少，為甚麼他們在哪幾天進場，沽空者在該股沽空後是獲利多還是損手多，有沒有人明顯挾倉，挾後有沒有派發……然後把大市走勢影響去除（De-beta），再和公司發放的新聞結合，想想公司內部人士是否有意無意「配合」，那麼這隻股票的「股性」就更讓我看清楚了一點。

其實大利市機也是一個指標，不需要每隻股票緊緊盯著，只需要在關鍵時候看一看排隊，不停思考背後的真正交易方以其動機。我一直認為投資股票是鬥智鬥力的遊戲，是只要有心有力學習、大部分人都能成功的遊戲，但即使是很有道理的秘笈，也是需要以熱誠來鍛煉的。

（5）借貨利息

沽空的利息是沽空者的額外成本，為了能減低成本，沽空者都關注借貨沽空的利息。利息多少則視乎券商而定，一般由 0.5% 到 30% 都有。

如果該股票是擁有大額成交量，亦屬大型藍籌股，而且沒有突然大量被沽空，則借貨沽空利息可低至 1-2%；但如 BYD（01211）在法國里昂銀行發出目標價連 1 港元都不到的報告後，市場內 BYD 的借貨利息就高達 20%，迫使沽空者紛紛平倉，股價由 17 港元回升至 24 港元。又例如美國上市的中國概念股展訊（SPRD），被混水（Muddy Water）發報告的當天 V 型反彈，利息由幾個百分點馬上升到接近 20% 的水平。

利息支出愈高，沽空者戰線愈短，則不能持久作戰。如果企業負債高，或周轉不順，這些被突然「空襲」的公司可能會面臨銀行 Call Loan（活期貸款，貸主有權隨時要求歸還），有可能真的無事變有事；如果公司的銀行借貸含有股價保證或股票抵押作保證，股價突然下跌 30%，將可能觸及這些條款而令銀行突然收緊借貸而引至公司的周轉危機而倒閉。

因此當沽空利息處於高位，而那間又是實力雄厚，表面和實際上是 Net-Cash（淨現金）公司時，股票被另外一班對沖基金 / 炒家挾空倉的機會則較大。

（6）限價沽空制度

至於限價沽空制度（Uptick Rule），即賣空的價格必須高於最新的成交價，該項規則起初是為了防止金融危機中的空頭打壓導致暴跌，因為沽空者一般承受較大的心理負擔，如果股票排隊比較疏落，買家沒有所謂 Downtick Rule、可以向上「掃貨」，但沽空者則要忍受突然遇到急而快的買盤，隨時面對被挾空的壓力。

以下以 Lenovo（00992）及 ASM 太平洋（00522）為例子作比較。兩者都是管治非常出色的公司，而且市值都不小，但 Lenovo 成交較為暢旺，而且 Lenovo 每一個差價為 0.01 港元，大約是股價的 0.1%，而 ASM 差價為 0.005 港元，大約為股價的 0.05%，因此 ASM 被認為是「乾」的股票，流通量不夠大，這也可能是因為 ASM 太平洋的籌碼比較集中（約 40% 在母公司 ASMI 手上，20-30% 在 2-3 間大型長線基金手上）。

對於「乾」的股票，報升規則令沽空者處於被動，因此對沖基金經理在下手前會小心分析勝算及半路被挾時的後著。香港市場一向有報升規則，為了能更快沽空股票，有些券商容許沽空者下一道比現在最低的賣出排隊價還低的限價指令。

例如，假設中移動的買價和賣價分別為 82.2 及 82.3 港元，則我會下的限價盤為 82.1 港元而不是 82.3 港元，而我的沽空盤首先

會放在 82.3 港元排隊，當 82.2 港元被擊穿，因為我的限價指示比 82.2 港元還要低，所以我的未完成合約會自動在 82.2 港元快速排隊。我們常常就是靠這個骨牌現象來推斷此股票正在大量被人沽空，而我們亦可以很快就能從半日沽空金額 / 股數內得到證實，有助分析哪一個券商在沽空。

聽說，有時一些對沖基金會用資產調換（Asset Swap）來避開報升規則，但這會令成本再高一點，因為 Swap 合約都是為投行 OTC（詢價交易方式）服務。簡單一點，如果這股票有在美國發行 ADR（預託證券），那麼 ADR 一般較為「濕」（Liquid，即流通量較高），沽空比較容易，借貨利息及經紀佣金也較低。

(7) 注意盈利警告

香港聯交所沒有明確的指引，指明公司的業績要多糟糕，才需要發出盈利警告，所以我們一般很難判斷該公司會否發出盈警，很多對沖基金很早就認為富士康（02038）業績會強差人意，但也不太敢沽空它，因為挾空者也是一等一的高手，富士康多次出盈警的情況，都是令人措手不及的。

因此「1/3、 1/3、 1/3 法則」又是出手的時候了，一般為了賭季度或半年業績不如預期，我們會在業績公布前一個月先沽空 1/3，而業績公布的前一周左右再沽空 1/3，出業績前 1-2 日再沽空 1/3。同時，如果你發現市場在該股出業績前沽空比例明顯增加，即代表市場可能有「春江鴨」，大家不妨小量抽注，及密切注視每天沽空的數量 / 比例。

（8）注意除息日

如果公司一直都不派息或只派盈利的 20-30%（Payment Ratio），則一般不會在除息日前有特別大的成交；但如果遇到特別股息，一次性大額派息，沽空者除非很有把握及實力，否則一般不敢持貨跨越除息日。

很多美國上市的公司，當受到「空襲」時，除了用公司現金買回股份外，還有以特殊股息來捍衛股價，這個動作比回購（Buy Back）更有效，因為有些專門賺取利息的基金會被引入進場，新資金來源有助擊退沽空者。

當然亦有人會說，在美國市場，基金會因特別股息而弄巧反拙（意味著要付出額外的股息稅而引致原有基金股東拋出股票），因此，香港市場用特別股息擊退沽空者的機會（理論上）是更大。

可惜的是，大部分的問題公司都非常小氣，他們的管理層／大股東覺得覆水難收，不願拿出袋袋平安的現金作銀彈反擊沽空者，也使香港市場並無明顯比美國市場更多用特別股息擊退沽空者。因此，作為沽空／挾空倉者，要在行動前想清楚該管理層的「後著」。

（9）高槓桿

第 9 點是 Margin 額（保證金額）。小投資者即使已掌握所有沽空技巧，筆者亦絕不建議他們以 10 萬元的倉位作 15 萬元的槓桿式沽空，初學者更應只用戶口內 5% 資金輕嚐淺酌。如果沽空過度，經紀行為了減低風險，有可能要求投資者買回該波動過大的股

票（平倉）。但同時，一般沽空行為只能在 Margin 戶口內完成指令，Cash 戶口一般是不能沽空的。所以，沽空者可以開 Margin 戶口沽空，但要避免在未掌握所有沽空技術前作槓桿式沽空。即若有 10 萬元戶口，最多只沽空 4 萬至 5 萬元好了。

用高槓桿來沽空，有如飲了紅牛後再飲 3 杯特濃咖啡（Espresso），令腎上腺素激增到爆燈，對初學沽空者，形同賭枱上的 Show Hand，不是一般人能承受的。

（10）觀察開市前競價時段

一般在 Pre-market，中午收市前、下午開市、全日收市都是重要指標，Mark 價行為也在這短短 2-3 分鐘內被大戶舞動。因此，用大利市機觀察這幾個時段的排隊情況，能讓你更容易結合前面幾點來分析籌碼分布、沽空者 / 挾空者 / 長倉基金的角力方向。

1. 阿斯達克

www.aastocks.com

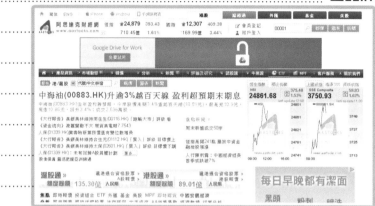

2. 經濟通

www.etnet.com.hk

3. 彭博社

www.bloomberg.com

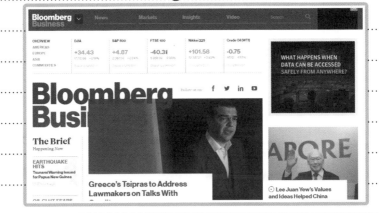

4. 路透社

www.reuters.com

5. 新浪財經

finance.sina.com.cn

6. FX168 財經網

www.fx168.com

7. 華爾街日報（中文版）

http://cn.wsj.com/big5/index.asp

8. IG Market

www.igmarkets.com.sg

9. 財新網

http://www.caixin.com/

10. Market Watch

www.marketwatch.com/

11. 上海交易所

http://www.sse.com.cn/

12. 香港交易所

http://www.hkex.com.hk/chi/index_c.htm

13. 和訊網

http://www.hexun.com/

14. 人民銀行

http://www.pbc.gov.cn/

15. 新華財經

http://www.xinhuanet.com/fortune/

16. 發改委

http://www.sdpc.gov.cn/

從 股壇初哥，
到 投資
高手！

作者 / 　　　陳卓賢、謝克迪、周梓霖、王華

編輯 / 　　　米羔、阿丁

插圖及設計 / marimarichiu

出版 / 　　　格子盒作室 gezi workstation

郵寄地址：香港中環皇后大道中 70 號卡佛大廈 1104 室
臉書：www.facebook.com/gezibooks
電郵：gezi.workstation@gmail.com

發行 / 　　　一代匯集

聯絡地址：九龍旺角塘尾道 64 號龍駒企業大廈 10B&D 室
電話：2783-8102
傳真：2396-0050

承印 / 　　　美雅印刷製本有限公司

出版日期 / 　　2017 年 10 月（初版）
2017 年 11 月（第二版）
2018 年 3 月（第三版）
2018 年 9 月（第四版）
2020 年 9 月（第五版）
2021 年 3 月（第六版）
2023 年 4 月（第七版）

ISBN / 　　978-988-78039-4-2
定價 / 　　HKD$108

本書各作者提供的投資知識及技巧僅供讀者參考。請注意投資涉及風險。閣下應投資於本身熟悉及了解其有關風險的投資產品，並應考慮閣下本身的投資經驗、財政狀況、投資目標、風險承受程度。